DIONÍSIO EM BERLIM

TIAGO NOVAES

Editora Quelônio

Mesmo constrangida, esta cidade terá de reconhecer a grande falta que lhe fazem minhas danças e meus mistérios.

EURÍPIDES, *As bacantes*

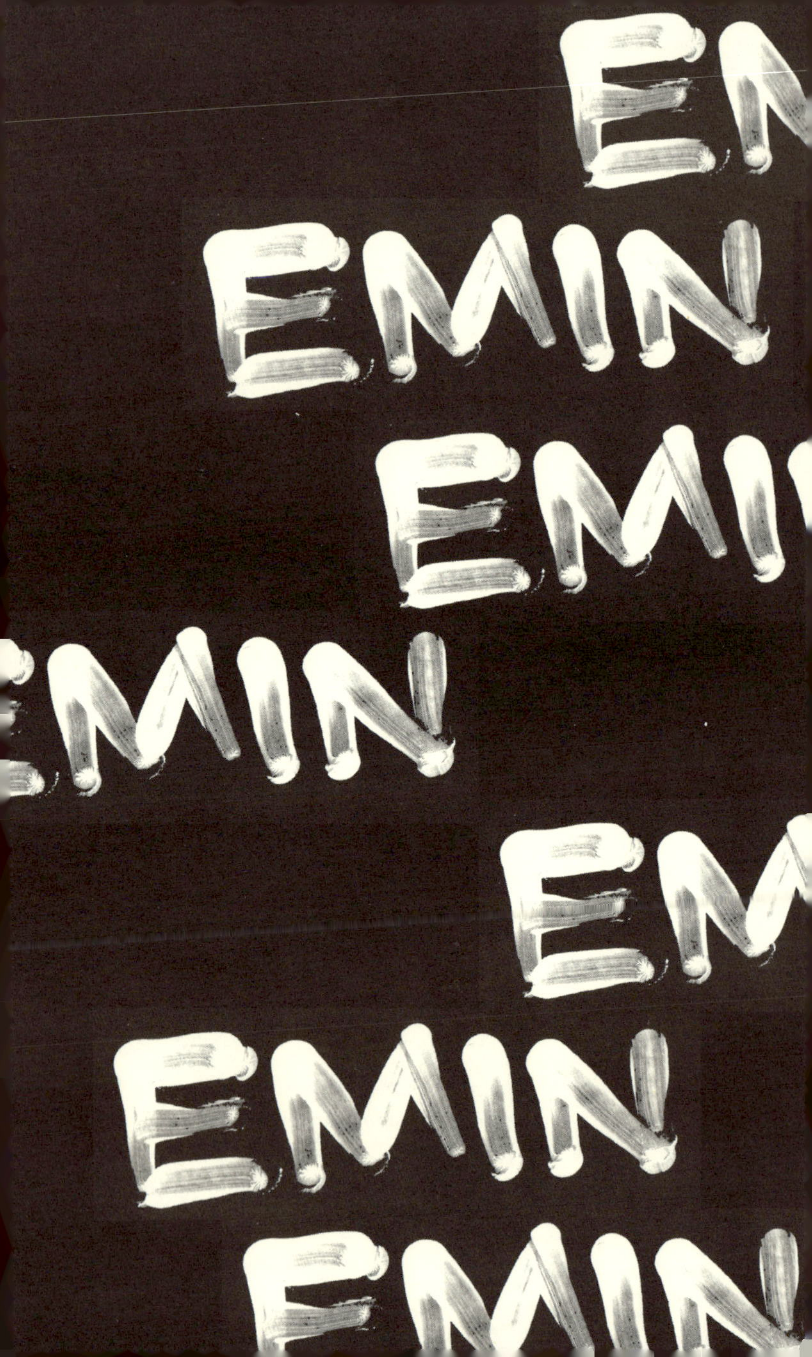
EMIN
EMIN
EMIN

7

UMA MORTE COMO aquela acontece em qualquer dia da semana. E no entanto, que surpresa. Tudo está bem até que não está. A juventude não a antecipa; a pressa não a prevê. O homem vivo e o homem morto não guardam parentesco. Nada costura uma condição à outra – a do organismo sadio, coeso, resistente, àquele em que o sangue escapa de seu invólucro de derme e faz coagular o orvalho, já inanimado, quase inanimado, como um pigmento sobre a tela. A matéria orgânica se entrega ao que antes a situava. A calidez dos tecidos se dissipa, acha equilíbrio no seio frio da continuidade. E esfriando, o corpo se esvazia. Evapora, quebradiço como um torrão de açúcar.

Acredito que a esta altura o senhor já tenha visitado o lugar em que o mataram. Sou a única testemunha. As circunstâncias foram as mais incomuns. Não merecia aquilo. E jamais suporia que um caso de furto de obras de arte pudesse acabar daquela forma brutal, como presenciei na madrugada da terça-feira.

Eu o perseguia, é esta a resposta. Foi uma investigação pessoal. Em pouco tempo, uma obsessão. Não escondo; minha posição não permitiria. E fique assegurado de que não tenho álibis. Agi sozinho. Que não tenha me visto, devo ao fato de que trovejava. A sombra das gruas da ilha dos museus se destacava contra a noite verde. Quando caíram as primeiras gotas, eu já me abrigara na entrada da S-Bahn, na estação Hackerscher Markt, onde tinha mais movimento. Não apanhei o celular. Meus dedos tremiam. Contrariei o treinamento. Mas sabia que em algum momento eu viria a ter esta conversa. Eu deveria contar o que aconteceu, procurar as palavras para decifrar os movimentos de Zag.

(Foi o apelido que lhe deram: Zagreu. Ou Zag. Não é um nome. É apenas uma referência.)

Você vê. Muito do que testemunhei não tem cabimento, como se alguns fatos viajassem baixo demais, numa outra física, governados por uma contracorrente. Deus é um prestidigitador. Tira moedas das orelhas, cartas da manga e coelhos de fundos falsos. Não saberia inventar uma língua nova para narrar esses acontecidos. Já tenho a alemã, tão distinta da turca. Tenho duas e não basta. Talvez algo entre elas. Não sei.

Trabalho como agente de segurança do Neues Museum desde a sua reabertura. Um posto como o meu requer instrução. Conheço cada peça do museu. É um modo de entender a importância que têm. E neste trabalho, tenho tempo para pensar e observar. Sei quantos passos existem entre uma extremidade e outra dos corredores. Onde estão postadas as câmeras de vigilância e como se distribuem os seus pontos cegos. E durante a madrugada, quando as portas se fecham e o lugar adormece, reconheço as sombras mais escuras, as esquinas que a luz falha em revelar. Quando chove lá fora e perambulo pelas salas, o grande museu se apequena. As peças se dobram sobre si mesmas. Uma chuva altera a dinâmica das sombras, e penso muito nisso.

9

Em minha família as vozes cantam alto. Somos turcos. Turcos alemães. O único que não fala em casa é meu pai, que o destino amortalhou. Da poltrona remota onde se senta ou na cadeira à ponta da mesa de jantar, ele nos contempla com um sorriso indireto e cheio de segredos. Os fantasmas visitam a casa de madrugada, minha mãe costuma dizer, mas nessa hora estou sempre no museu. Mamãe lamenta, quase enciumada, que o marido se amigue de todos os fantasmas. Com meu pai, que viveu dividido entre dois países, aprendi que o silêncio afeta a atenção aos detalhes, e que alguma onda de coisas imóveis antecipa acontecimentos. Faz sentido? Estou me fazendo claro?

Sou um homem metódico e acolhi a maturidade com alegria. Cresci numa cidade em ruínas. Todos que cresceram em certa época por aqui foram testemunhas do renascimento de uma cidade. A reconstrução de Berlim. A chegada dos estrangeiros. Enxergamos o presente como uma coisa frágil, porque todas as crianças brincavam nas ruínas e nos baldios, todas já colheram os gerânios que brotavam das rachaduras e fizeram bangue-bangue entre os muros incompletos. Nos anos sessenta, o mundo estava todo voltado para Berlim. E nascíamos compreendendo como era uma parede por dentro, e que pode chover no interior de uma catedral. Os parques desta cidade não são planos porque foram construídos sobre monturos de ruínas, você sabia? A grama cresceu sobre os destroços que a administração amontoou em certas quadras da cidade.

Nossa mãe nos levava para passear, e encontrávamos pedaços de papel na grama. Farpas de madeira nobre. Cacos de espelho ou bijuterias. E muitas pedras. Pedras de todos os tamanhos, pedaços de concreto, alguns que pareciam pó de marfim, gesso, um ou outro metal retorcido.

Para os adultos devia ser um alento contemplar as crianças brincando sobre o tapete que revestia o passado. E para os jovens, as ruínas ofereciam outros atrativos – esconderijo, refúgio, covil de subversivos e enamorados. Quantos primeiros beijos não inauguraram o museu antes que os tapumes o encerrassem para a reconstrução! Os arquitetos deixaram o corte entre o velho edifício e o moderno. Ali, a sobriedade convive com a fissura transversal entre dois tempos. A cidade faz isso.

Digo para que compreenda o que passou. O senhor me tomaria por louco. Talvez esteja tentando convencê-lo de que esta loucura nasceu de uma personalidade sistemática e inquiridora, que o desvario pode derivar das boas intenções, e quem sabe justamente o excesso de zelo não perturbe uma mente vigilante. É outra dúvida que meu pai me deixou. Viu de tudo e agora silencia. Um homem sábio que se cala, que não vê sentido em transmitir o que sabe.

O silêncio dele passa quase despercebido no vozerio da casa. Já disse que em casa se fala muito, uns sobre os outros. Querem saber do que sucedeu e do que pode suceder com os vizinhos e os parentes na Turquia. Por isso, quando saio dali, em Neukölln, acho a cidade calma e acolhedora. Sempre levo um livro, em geral um romance, e consigo ler por volta de dez páginas entre as estações Karl-Marx-Straße e a Französische Straße. Antes morávamos em Kreuzberg. Era um tanto mais perto e a família sofreu um pouco com a mudança. Ressentiram-se de perder os vizinhos. Mas o tempo de leitura era menor, e digo que até prefiro esses minutos a mais. Levanto a cabeça e vejo a Fernsehturm. No inverno, já é noite quando saio de casa. No verão, já é dia quando deixo o museu. Apresso o passo pela Französische Straße até chegar à estação. A primeira coisa que faço na plataforma, aguardando o trem, é abrir o livro no parágrafo em que o interrompi. Há um intervalo, uma pequena confusão. Levo alguns segundos para retomar o que se passava no ponto em que me detive na leitura. Busco no papel a mancha de palavras que já não reconheço. Aí recuo um pouco até o lugar que a memória registrou. Meus olhos, cansados dos salões vazios, resistem à nova concentração. Enquanto leio, mais devagar, a cidade desperta e anoitece. Nunca é dia, nunca é noite – e naqueles minutos antes de retornar à luz doméstica, à tosse áspera de mamãe no corredor, às risadas das crianças ao chegar da escola, ao som pragmático de Beyza, minha esposa, nos afazeres da cozinha, ainda tenho alguns minutos para mim. Abrigado em um dos bancos do U-Bahn, entre os jovens artistas que hoje vivem na cidade e viram a madrugada, sinto-me em paz. Sou um alemão.

É um ofício solitário. Norman, Gerard e Hans – os outros seguranças noturnos – estão lá, evidentemente. Mas a ronda pelas salas fica a meu encargo e acaba me afastando dos outros. Norman se queixa disso, gosta de dizer que qualquer trabalho exige uma espécie de amizade, de integração. Norman é o jovem que fica na sala de controle. Ele alterna os cuidados da televigilância com Gerard e Hans, que cuida da manutenção e é o segurança da área de restauro. Gerard faz a ronda externa. Já tentei me integrar às conversas dos três, mas eles só falam de futebol, e não gosto de futebol. Para eles, tudo gira em torno dos Wessis e dos Ossis. Claro que eles são Ossis – da Berlim Oriental. No futebol, as antigas rivalidades ressurgem, e ficam saudosos do comunismo. É uma bobagem. Esses meninos não viram tanto quanto eu, não sabem o que foi o muro. Tinham o quê? Dez anos quando a União Soviética caiu. O Oeste atraiu os turcos. Eles chamaram os chineses, os vietnamitas. A cidade era dividida como o mundo. Agora não. Estamos unidos, mas isso leva tempo.

Por isso fico só. Naquele primeiro fim de tarde, cheguei uma hora após o fechamento das portas. Há todo um trâmite. Troco-me no vestiário, apanho o crachá e os cartões de acesso, o comunicador e uma lanterna. Tenho de verificar a bateria, carregar uma extra. Só então bato o ponto. Entro precisamente às nove horas da noite. As salas já estão vazias e aproveito o tempo para mim. Nessas primeiras horas, às vezes ainda vejo um movimento de equipe. Vez ou outra uma reunião da direção tarda mais que o esperado em acabar, ou ainda desmontam uma exposição temporária. Mas não naquela noite. Estava tudo tranquilo, como de costume.

Pode parecer uma bobagem, mas sinto-me orgulhoso de haver obtido este posto. Em muitos sentidos é um privilégio. Por quê? Todas as noites convivo com os tesouros do mundo. Tenho-os a meu alcance. Há amplidão, silêncio e a liberdade para trabalhar e pensar. Aqui há espaço. É o que buscam os sírios, os africanos todos, quando vêm refugiar-se no continente. É o que falta nas capitais da América Latina, da Ásia. Espaço entre os homens, entre o meu corpo e o seu corpo; a Europa para eles é um jardim, pode-se caminhar pelas ruas e estar só na cidade. Os espaços vazios são imensos. Berlim é calma e silenciosa. Em Berlim você não sente o cheiro das pessoas. Em Istambul, ao contrário, você sente o cheiro delas e de algum modo isso te torna menos humano. A dignidade exige alguma distância. Senão deixamos de ser homens e viramos porcos e frangos num criadouro. Sou turco, mas sou mais alemão do que turco. Minha alma é alemã, porque gosto do silêncio. E nós, turcos, chegamos a convite dos alemães para reconstruir a cidade. Já estes que se amontoam, estes chegam ilegalmente, sem licença. A Europa resiste às invasões e não é para menos – o único modo de preservá-la é este, de mantê-la diferente do restante do mundo. Sem a Europa não há sonho. A gente sempre sonha com terras prometidas, com lugares onde a felicidade é possível, onde todos são irmãos, as videiras estão maduras e água fresca brota da nascente. Os árabes vêm porque querem paz e modernidade. Querem estradas sem buraco para explorar o potencial dos automóveis que sonham em comprar. Querem uma vida bonita, com roupas bonitas, relógio bonito e muitas horas de descanso.

Mas tergiverso. Vou retornar àquela noite. Após deixar minhas coisas – o livro, as roupas, o celular – e vestir o uniforme, dei início ao meu turno. E quando vi Zag pela primeira vez, já havia umas cinco horas que estava trabalhando.

Encontrava-me na sala do Chapéu Dourado. Era por volta das duas e meia. Frank devia estar distraído com outras atividades e não ativaram o comunicador. Na semana anterior tivéramos algum mal funcionamento nos detectores de fumaça de uma das salas, e eu era incumbido de verificar o sistema de tempos em tempos. Não havia muito para ver além disso e passara ao procedimento-padrão de vigilância. A partir do vestíbulo, no piso térreo, sigo pela Sala da Pátria Pai, onde estão os tesouros pilhados de Odin. Passo pela coleção de Schliemann e da Flachkuppel Saal, detenho-me na janela onde avisto o Salão Grego. Dali posso ver os frisos e os afrescos centralizados pelo trono de Zeus, e consigo observar o foyer. Contorno para a Sala Etnográfica (com os tesouros de Chipre e da Ilha de Afrodite), dou a volta no templo egípcio, com suas tumbas de pedra, algumas abertas como banheiras.

Concluo a volta sob os painéis azuis e desço até o foyer inferior.

Abaixo, começo pelos pátios centrais - o grego, um vislumbre da exposição temporária, retornando ao pátio egípcio (divido a atenção entre os sarcófagos e o corredor do piso de cima, onde me encontrava pouco antes). Entre as tábuas de cálculos, os contratos em pedra, os jogos sofisticados de tabuleiro, percorro os sistemas de crenças, o habitat do vale do Nilo, a vida cotidiana. Atravesso mais uma vez a exposição temporária, em Núbia e Napata. Após um exame diligente pela chapelaria, chego ao segundo piso a começar pelo amplo hall das escadas. E então refaço o trajeto em sentido anti-horário, retornando de tempos em tempos aos pátios centrais.

Em Nordkuppelsaal, permaneço uns minutos sob os arcos verdes. A cúpula norte é um dos primeiros da arcádia novecentista de Stüller, o arquiteto que projetou o edifício. A cúpula, que reproduz o panteão romano, cobre o busto mais belo e antigo da História - Nefertiti. Um rosto de três mil anos e eu, solitários no interior de um museu às escuras.

Repito o mesmo procedimento no terceiro e último piso, concluindo o percurso na Era do Bronze e da Pedra, passando pelos achados arqueológicos em Berlim, e as ossadas contra a terra batida, os antílopes, as minúsculas estatuetas, espadas de ferro, os olhares firmes dos gregos. Zenon de Kition, Anakreon de Teos, Metrodoro de Lampsaco. E Sófocles. Eurípides. A última peça de valor inestimável está em Sternsaal, onde finalizo o circuito. É o Chapéu de Ouro, que parece retirado de um filme fantástico. Você já viu a animação que fizeram sobre a vida na Europa durante a Era do Bronze? Mil anos antes de Cristo – um dos quatro chapéus conhecidos até hoje, e o que se encontra em melhores condições. Usavam-no em rituais de culto ao sol; possuía funções astronômicas e servia como calendário de eclipses.

Pois bem. Foi então que o vi. Foi dali que avistei. Avistei? A sala era fechada. Sem janelas, as paredes pintadas de preto para destacar ainda mais a luz áurea da relíquia. Sem aviso, percebi que havia alguém que observava. Foi uma das coisas mais estranhas. A princípio, achei que houvesse algo errado com meus olhos, porque as linhas do suporte da peça, dos frisos, dos arcos da entrada me pareceram subitamente imprecisos. Não como se estivessem borrados, mas como se para dentro de uma linha houvesse outra e mais outra, como se continuassem para além de si mesmas. E então, havia algo estranho nas superfícies planas, que afundavam conforme eu me aproximava. Eu recuava um pouco para tentar enxergar o todo, a sala inteira, que parecia permanecer como estava. Mas foi então que algo aconteceu também dentro de mim, uma espécie de aperto, um susto dentro do peito. Como se eu fosse morrer, ou se estivesse naufragando em águas muito escuras. Eu tentei falar e o som desapareceu dentro da minha boca. Teria algo a ver com a videocâmera na sala? Não. Era maior, um ataque de pânico. Uma aparição que não aparece. Tudo ficou radioativo. Por dentro da borracha das paredes passavam artérias por onde corria uma seiva espessa. Um movimento secreto. Estou louco? Eu sei. Mas meus olhos abriram uma janela para algum outro lugar, e poderia ser maravilhoso, não fosse aterrorizante. Meu trabalho depende de as coisas estarem como sempre estiveram. Protejo o que permanece. Se tudo se move, para onde vou olhar? E súbito ocorreu-me que seria melhor sair dali, eu mesmo me mover um pouco, como se nada estivesse acontecendo (porque nada estava acontecendo) e assim não chamaria a atenção de Norman, Hans ou Gerard, que podiam estar observando da sala de controle.

Andei três passos e meus passos pareceram estúpidos. Passos duros, mortos, duas toras no lugar das pernas. Eu dependia daquelas pernas, eram instrumentos, o meu jeito de trabalhar. Quando dei por mim, recostava-me na parede da sala contígua, apoiado no parapeito da janela para acalmar a labirintite. Àquela altura, só podia imaginar que não passava de um mal-estar súbito. Quem disse que vigiar um museu às escuras todas as noites é uma atividade apenas relaxante, que fixar a vista em todos os negrumes de um palácio das artes como o Neues Museum oferece apenas proveitos? Antes de assumir o posto, em outras galerias e casas de cultura, só fazia turnos diurnos. De algum modo, julguei que passar para a noite havia sido um rebaixamento. Por quê, não sei. Mas preferi assim. O dia é imprevisível. Procurava permanecer a um canto onde pudesse observar sem ser observado pelos frequentadores, mas de um jeito ou de outro sempre me achava vulnerável. Voltava exausto para casa e as crianças vinham falar comigo, Beyza, mamãe, pedindo coisas, que eu visse isso, que eu fosse buscar aquilo, e já não era eu ali dentro.

Por isso a noite foi muito bem-vinda. O que poderia acontecer? Quem invadiria um museu, sabendo que o vigiavam? Quando conceberia aquele pavor repentino? Percorri a sala com os olhos e as sombras permaneciam como mantos sobre as peças. Foi aí que me voltei para a janela e ali embaixo, estacado, entre duas árvores, estava Zag.

Um homem imóvel, de pé, fitando o museu, a uns dez metros da fachada. O rosto não era visível do ponto onde eu me encontrava, mas a silhueta fixa ganhava vulto, como alguém que planeja algo vil, um homem que reflete no escuro, insolente e sem medo. Pelo meu ângulo de observação, poderia julgar com certo grau de certeza que o gatuno voltava-se para a janela do térreo e tentava reconhecer alguma coisa dentro do museu. Talvez? Não sabia. Para mim? Pensei em descer, avisar Norman ou Gerard. Onde estaria Gerard? O jardim era aberto. Qualquer um podia circular ou permanecer ali. Nenhuma providência seria cabível perante aquela situação ordinária. Nada havia a fazer. Eu me encontrava onde deveria, e o homem estava no seu direito. Sem entender, retomei a ronda, porque é o meu protocolo de ação, a minha rotina. Mas a rotina não faz sentido com um invasor à espreita. Era preciso descobrir como conseguia, como fizera para entrar, o que levara de nós.

Até hoje penso nisso: de golpe, o que me movia todos os dias de modo mais ou menos garantido pareceu inócuo. Nada fazia sentido. Cumpria ordens, eu sei, mas também fazia mais do que isso. Cumpria com o que as ordens não pediam. As ordens me ajudavam a existir, foi o que comecei a descobrir naquela noite. Eu não protegia a arte mundial das invasões, como pensava, e sim outra coisa de outra coisa, e as normas do museu existiam para que eu pudesse acalmar o mundo de seu próprio incêndio e fixar os lugares nas coisas.

Voltei a circular pelo museu com minha pequena lanterna metálica, com seu facho frio e opaco, e, quando voltei a olhar para o gramado através da alta janela, já não havia ninguém. Fiz o mesmo no piso térreo, agora sem medo, e não havia nada. E naquela manhã, não consegui abrir o livro ao retornar para casa. Precisava contar o que acontecera para alguém, e estava mais cansado que de costume. Perdurava o flagrante de uma invasão invisível.

Entrei muito quieto no apartamento; no quarto, Beyza ressonava, as mãos em concha, os lábios secos, o ar impregnado de sono. Sobre a cama a colcha branca. Mas eu não sentia frio, e tirei a roupa para me deitar. Em instantes, dormia.

Não escutei Beyza saindo do quarto, nem os rumores matinais. Foi um sono profundo, e recordo de um longo sonho com os dervis. Na Turquia, em nossas férias de infância, falava-se muito nos dervis. São monges da ordem Sufi, que buscam alcançar o sopro de Deus pela dança. E ali estavam os dervis, rodopiando em meu sonho com seus hábitos de lã, e num espaço sem fronteiras, ao som da Sukun, agitando os braços, as cabeças pendendo, misericordiosas, como se sonhassem o mundo em que vivemos. Alguma vez me disseram que nossa vida era o sonho dos dervis, que suas saias faziam o mundo girar, e por isso existiam a noite e o dia, o passado e o futuro, as crianças e os velhos. É porque dançavam os dervis que a semente plantada dava frutos que aninhavam sementes que, atiradas em solo fértil, davam frutos, e os monges, leves como ar, rodopiavam no centro do mundo, e ali no centro tudo ficava em silêncio. Os dervis observavam o silêncio, do umbigo do mundo, de uma canção sagrada que era o primeiro sopro do universo.

Despertei para o almoço tardio. As crianças ainda não tinham chegado da rua. Beyza e mamãe conversavam na cozinha sobre algo que Asuman tinha feito, um livro que esquecera de devolver ou coisa assim. Pela porta aberta da cozinha, eu via o meu pai em sua poltrona, o rosto manchado pela luz que escapava da cortina bordada, e podia jurar que ele me sorria debaixo dos bigodes grisalhos, como se fôssemos cúmplices de algo, ou estivesse me ensinando alguma coisa que eu não chegava a aprender.

Antes do trabalho, tomei algum tempo para pensar. Avisei a Beyza que tinha de passar no banco, que meu cartão magnético estava com problemas. Foi o que me ocorreu, e deu certo – esses assuntos escapam ao escrutínio das mulheres de casa. Saí pelas ruas de Neukölln e caminhei a esmo sob um dia gris que parecia inaugurar a primavera. Tinha de imaginar as razões do que acontecera. Para todos os efeitos, eu captara uma presença. Depois, presenciei aquela figura imóvel no pátio externo. E é como se a invasão já se houvesse consumado. Como se Zag tivesse levado algo dali. Mas o quê? Por quê? A pele escura ainda mais escura. Eram sobrancelhas negras o que vi? Vi mesmo alguma coisa? Não acredito em nada, senhor. Não existem fantasmas. São coisas de gente simples. Superstições de outro tempo. Mas sem dúvida algo acontecera. Comigo, sim, comigo. Por qual outro motivo estaria dando voltas no bairro? Não sou de ficar à toa. Meu dia é pontuado pela finalidade. Por isso – para criar um senso de propósito – aproveitei para ir ao mercado de Maybachufer. A rua cheirava a azeitonas e a sopa de amendoim. Comprei algumas castanhas e meia dúzia de alcachofras. Sentei-me num banco de praça, às margens do canal, abri o romance que estava lendo. Era uma ficção policial que se passava na Berlim dos anos 1950. Um jovem britânico tinha acabado de chegar à cidade para trabalhar numa operação secreta. Ao longo das madrugadas, os gringos se metiam em espionagens e contra espionagens no distrito oriental. Comecei do ponto em que parara na tarde anterior. Deixei-me absorver. O protagonista conversava com uma mulher num bar qualquer. Não sei quanto mais avancei, mas logo escutei os risos altos de um grupo de jovens do outro lado do canal. Ergui os olhos e sorri. Percebi um tom de deboche nas risadas e que esse deboche era dirigido a mim. Um deles dançava, representava um trejeito. Alguns do grupo me fitavam diretamente, outros apenas seguiam adiante. Estúpidos. Não sabem de nada. Reconstruímos esta cidade. Nessas horas fico pensando como é possível que me tomem por turco. Aí me recordo das cores das roupas que visto. Os jovens ostentavam blusas sintéticas amarelas, camisetas lisas e claras. Eu não dispenso a jaqueta marrom, que sempre me abrigou desta meia-estação. O marrom para eles é sinal de atraso. Estúpidos. Me acostumei. Desde menino os colegas da escola me perguntavam o que fazia no país deles. Não queriam saber se meu pai era um trabalhador honesto. É o que ele ordenava que eu dissesse quando alguém viesse me perturbar. "Emin, diga que seu pai é um trabalhador honesto".

Fechei o livro, Vivo aqui há mais tempo que esses patifes. O protagonista do romance tomava uns tragos na Berlim Oriental. O inglês, atento, cuidadoso, via-se caçoado pelos norte-americanos, tão desenvoltos. Eu entendia bem o que era isso. Segui pela Pannierstraße e encontrei uma barraquinha de bratwurst. Pedi um desses e um refrigerante. E pão para acompanhar. Ainda irritado, molhei o pão no molho de tomate salpicado de curry e a ideia me veio: o ponto de fuga de Zag.

Não é isso? O semblante estava concentrado num único ponto, através do vidro espesso da janela, para alguma coisa dentro do museu. Se fosse capaz de identificar a peça ou a coleção, então descobriria exatamente o que pretendia levar. E à noite, quando voltasse ao museu, daria uma atenção especial à sala. E teria provas de que uma investigação seria necessária. Vamos ver: eu me encontrava na parte sul do edifício. Mas foi no jardim, diante da estátua do leão de bronze, ao lado dos arcos, que ele se postara. Mas para que o visse ali, eu deveria estar mais adiante, na face leste do museu. A sala do Chapéu Dourado ficava na face sul do museu, e não recordava de haver caminhado tanto antes de olhar pela janela. Minhas pernas tinham me levado mais longe do que imaginara. Zag, ali, não erguia a cabeça, sua atenção parecia concentrada em um único ponto, através da janela do piso térreo. Naquela porção do museu estavam os tesouros pilhados.

Schliemann.

Schliemann, o expedicionário. Um aventureiro que descobriu a Troia homérica viajando pela Anatólia. O homem acreditava na veracidade histórica da cidade conhecida apenas pela obra de Homero. Na segunda metade do século XIX, Schliemann conseguiu angariar fundos e levou consigo uma considerável comitiva. Documentou todo o processo com desenhos, pinturas, diários. Os germânicos o veneravam. Hoje, é clássica a fotografia da esposa de Schliemann com as joias encontradas no sítio arqueológico. Cada peça escavada era sinal de que havia realidade nas criações antigas. A maior das epopeias, o mais célebre dos bardos. O homem que animou Helena, Penélope, Telêmaco e Odisseu, que vira com seus olhos cegos a ruína de um tempo, e que por bem de suas aventuras conseguia abrigo e comida para as noites frias e ancestrais. Homero era um mendigo, como todos os bardos da época. E as epopeias não se escreviam, se cantavam.

Zag, atrás dos tesouros de Schliemann? Seria esta a coleção que roubou? O que faria com aquilo? Resgatar um tesouro tomado pelos alemães e levá-lo de volta ao seu Oriente? Zombar das nossas instituições? Qual era o seu interesse no diadema de ouro, na máscara de Agamênon, no alcatruz com os guerreiros de Atenas em pigmentos vermelhos, na molheira barco, no vaso da fertilidade e em tantos outros relicários dos segredos antigos? Vendê-los como bijuterias nos mercados abertos?

Ocorreu-me que estivesse trabalhando com alguém de dentro. Com um dos meninos. Mas isso seria absurdo: eles não tinham ambição nem vontade. Eram tolos demais para participar de algo dessa estatura. Não. Em algum lugar, eu sabia que o ladrão seria um estrangeiro. E que Zag não era daqui. Alguém sem vínculos com a cidade. Seria um desses ratos que invadem um barco apenas para roer os cordames e as provisões dos navegantes. Não tinha tempo a perder.

À noite, de volta ao museu, fui diretamente à sala de controle. Encontrei Norman a um canto com Gerard.

"Como vão as coisas?", quis saber. Gerard acenou. Falavam sobre o zagueiro qualquer de um time rebaixado. "Norman, está ocupado?" Gerard retirou um maço do bolso da camisa e saiu pela porta. Norman sentou-se diante dos computadores e rodou a poltrona giratória.

"Não sei se chegaram a ver algum movimento estranho, ontem."

"Estranho? Como o quê?"

"De madrugada, por volta das três e dez, três e quinze, diante da fachada leste do museu, no jardim da Alte National Galerie."

"Não me lembro. O que você viu? Por que não deu um alô? Gerard estava fazendo a ronda, podia ajudar."

De fato. O mais razoável teria sido requisitar ação oportuna dos colegas. Apontar a suspeita, resolver a suspeita. Gerard abordaria Zag e tudo estaria bem. Agora, punha em risco a credibilidade de minha própria conduta. Não agira conforme o procedimento estabelecido.

"Não julguei necessário, Norman. Era um homem de olho no museu. Mas estava sozinho e não se mexia."

"A gente podia averiguar. O pátio fica um tanto deserto, e queremos evitar a ação de traficantes na Ilha dos Museus", comentou, e passou a escrutinar o banco de filmagens da noite anterior.

"Ninguém o abordou, Norman. Não que eu tenha visto. Não parecia um traficante."

"Sim, mas você estava dentro do museu. É por isso que, nessas horas, o ideal é que nos avise na hora."

"Verdade. Não sei por que não fiz isso. Achei a coisa pequena, não quis perturbar vocês."

Não sei por que não fiz isso. Com essa frase, abri a guarda e revelei a fragilidade da minha posição.

"Emin", disse, me encarando, o tom irritado na voz que a tornava um tanto mais aguda. "Quantas vezes eu lhe disse que você não pode ficar com medo de falar conosco? Trabalhamos em equipe, homem. Você não está sozinho no museu. Imagino que o trabalho de ronda interna seja maçante. Mas você parece querer torná-lo ainda mais quando não compartilha as suas suspeitas na hora em que aparecem."

"Está certo, Norman. Não sei o que dizer. Isso de ficar andando por salas escuras... De qualquer modo, queria te pedir que averiguasse um ponto dentro do museu. Você tem as filmagens diurnas?"

"As externas estão aqui. Mas você acha que o homem esteve aqui durante o dia?"

"Estava pensando nas internas", falei, vacilante. Não era certo tratar Norman como a um superior. Eu deveria me afirmar diante dele. Se não entrara em contato é porque não julguei necessário. Claro que, sendo assim, não fazia muito sentido agora pedir as filmagens. Eu passava por louco. O que acontecia?

"As internas? Mas quais são suas suspeitas, Emin? Não estou entendendo."

"O homem parecia de olho em algo dentro do museu. Estava fixo na coleção de Schliemann."

Norman não respondeu de imediato. Afastou-se mais uma vez dos monitores e me olhou como se não me reconhecesse. Percebi que havia cometido um erro. Não devia ter pedido coisa alguma. Agora começariam a suspeitar de mim. Um perfil paranoico não condiz à função de segurança institucional, ainda mais no caso da preservação de obras tão valiosas.

"Há algum fundamento neste pedido?", quis saber, pronunciando as palavras de modo claro e pausado.

"Norman, é por isso que não entrei em contato. Não há fundamento. Apenas uma suspeita. Achei muito estranho o vulto ali embaixo. Mas ele não fazia nada de errado. De qualquer modo, talvez seja interessante ficarmos de olhos abertos. E por isso te pergunto – talvez ele estivesse ali durante o dia, andando pelo museu. Talvez não seja um sujeito confiável."

O colega meditou um pouco e falou:

"Você diz que ele estava de olho na coleção de Schliemann."

"Sim. Exato."

"E que você o enxergava do alto."

"Como é?"

"Você disse: 'Achei o vulto ali embaixo'. Isso quer dizer que você estava em algum dos andares superiores, e não na sala de Schliemann."

O que queria com isso?

"Sim", respondi. "Fazia a ronda no último piso."

"Como você saberia dizer, daquele ponto, que ele fitava exatamente a coleção de Schliemann? Afinal, a figura não passava de um vulto. Você poderia identificar a fisionomia do homem? Conseguiria reconhecê-lo?"

Àquela altura, o impulso era pedir desculpas e sair dali. Mas aí as coisas se complicariam.

"Olhe, Norman. Eu sei que não faz muito sentido. Eu..."

"Não faz sentido algum", sentenciou. "E olhe: nesses momentos, você deve nos avisar. Esse tipo de suspeitas é contraproducente, não diz respeito ao nosso trabalho. Que houvesse um homem parado diante do museu, isso não significa nada, a princípio. Não trabalhamos desse jeito."

"Sim. Sim. Peço desculpas, Norman. Foi uma cisma, só isso."

"Uma o quê?"

"Uma suspeita. Só uma suspeita."

"Entendo, Emin. Bem, fiquemos atentos, está bem? Prometo que eu também ficarei de olho."

E a conversa terminou. Norman voltou para as telas sem se despedir. O eco condescendente perdurara nos tímpanos. Sem mais uma palavra, retirei-me da sala de controle e ganhei o edifício.

O que eu podia fazer? O mesmo que todos os dias. Dar corda ao museu – contemplar as obras inertes, guardá-las para que no dia seguinte os visitantes pudessem aprender com elas, estudá-las e classificá-las. Para que a história fosse preservada em seus espólios. Permanecer ali, vigiando um teatro vazio. Era a função que me cabia neste mundo. Para isso eu ia e vinha todas as manhãs de um canto a outro da cidade. Para isso não me deitava com minha esposa todas as noites. Se eu tinha suspeitas – e bem sei que elas não costumam nascer à toa –, havia pertinência naquilo. Minha função era aquela: os olhos pequenos desta instituição que resguardam a tradição. Eu me levava muito a sério? Não sei. De um lado, reconhecia que agira mal e era também responsável pela interpretação equivocada dos colegas. De outro, sabia que tais suspeitas fundamentavam anos de prática. Que eu não cismava sem razão. Meus pelos não eriçavam sem motivo.

Nas horas seguintes, durante a ronda, refletia sobre as equações mínimas do problema. O mal-estar na sala do Chapéu Dourado. A visão de um homem imóvel. O tesouro de Schliemann. A minha própria presença como testemunha participante de uma ação invisível. O meu isolamento, estimulado pelo ofício e reafirmado por meu próprio caráter. Minha postura alheia junto à família. O gesto de Zag – o cálculo da imobilidade –, sua capacidade de fazer certas coisas sem mover um músculo, ao passo que meus músculos se moviam agora para que todo o resto permanecesse imóvel. O emprego bem remunerado de procurar a ausência das coisas. O térreo. Algo devia estar fora de lugar. Mas como? Algo podia desaparecer sem que fosse tocado? Não acredito em fantasmas, já disse. Mas não existiam forças invisíveis? E a força da gravidade? E se essa força mudasse de sentido? E se entre um homem e seus objetos se estabelecessem outros vínculos?

Existem sujeitos que parecem senhores do que olham. Zag parecia contemplar a sala de Schliemann como se aquilo tudo fosse dele. Ou de algo que se passara. Troia. Uma cidade e seus habitantes, um mundo que se extinguira e deixara objetos colaterais.

O que chamaram de "O fabuloso tesouro do rei Príamo" – segundo o painel explicativo, o único sobrevivente do massacre de Hércules – não passa de ruínas da cidade, palavras que persistiram e diziam de um mundo naufragado. O colar no pescoço de Frau Schliemann não seria de Helena. Talvez a cidade de Berlim também deixasse de existir em cem ou duzentos anos. E em mil anos, arqueólogos topariam com a minha lanterna e a confundiriam com um cetro. O tapete da sala que trouxemos da Turquia estaria em algum museu do futuro como o manto de um rei ou de uma rainha. E as pessoas cantariam a glória de nosso tempo como um momento augusto e belo de harmonia plena. Da mesma forma, talvez a cidade de Troia também guardasse um museu, e nesse museu as relíquias de um passado ainda mais antigo, e que só teriam se tornado preciosas porque sua origem se perdera. E sobre um bordado, um cajado de madeira, sobre figuras cuneiformes e elementares, alguém poderia inventar o seu próprio passado, reconstruir outras cidades, sonhar com um outro bardo e uma outra guerra.

Por volta das três e meia da manhã, voltei a avistar o ladrão. Zag postava-se no mesmo ponto entre as duas árvores ao lado de uma das estátuas no jardim. E dessa vez eu me encontrava no térreo e dessa vez o homem me escrutinava através dos vidros altos, a vista firme, fria e ardente. Fui tomado por outra vertigem. Não posso falar muito disso. Não sei como se dava. Mais uma vez, deixei intocado o comunicador. Em algum lugar, tinha a consciência de que, se alertasse os outros, o fenômeno desapareceria e o estrago seria ainda maior.

O que fiz? Entrei em pânico. Meu peito disparou. Algo dentro de mim queria romper a caixa torácica e sair voando. Procurei ficar imóvel, porque é isso que sempre faço. Mas o próprio chão deslizava, rolante, pendia ora para um lado, ora para o outro. O gatuno tinha poderes, o gatuno vinha acabar com o nosso mundo, pensei. E da sala de Schliemann, vi que tudo já estava diferente. O que ele furtava não era mesmo uma peça qualquer, mas algo muito maior.

Não podia olhar para aquilo. Não podia olhar para ele. Sabe quando contemplamos algo no escuro e as manchas começam a dançar? De seu rosto aquilino emergia um buraco negro.

Naquele dia, voltei para casa como se levado por um Zéfiro. O livro ficou no bolso do casaco. Não sentia o menor indício de cansaço. A manhã já se anunciava, as corruíras despertavam a cidade e um ressonar onipresente se abria para o brilho lateral do sol nas superfícies sonolentas dos edifícios e das vidraças. As coisas envelheciam e nasciam a cada instante. Sentia vontade de viajar. De não retornar ao museu, de não dormir. Mesmo assim, era levado pelos movimentos inertes. Despi-me e meti-me debaixo das cobertas. Senti o corpo quente de Beyza e a abracei. Beyza sempre foi irritadiça debaixo dos lençóis e desconfio que não gostava muito de nossas intimidades. Sempre suspeitei que devia fazer algo de errado. Mesmo depois de quinze anos de casados, nosso leito era vazio. Mas naquela manhã, o caminho se abriu. Toquei-lhe a pele, ela se moveu um pouco. Entredormidos, nos amamos.

Levantei quando o sol começava a despontar. Os rumores domésticos perpetuavam os dilemas da véspera. A mesma conversa pequena, as mesmas prosas sobre os vizinhos e a escola das crianças e as telenovelas e as dores nas costas de mamãe. Mas a primavera havia chegado, e se percebia isso com o vento fresco que soprava pelas frestas do terceiro piso. As mulheres prepararam pogaca e sopa de lentilhas vermelhas com hortelã. Tomei a sopa; meio distraído, podia observar a minha esposa de revés. Tinha uma mecha de cabelo que sempre lhe caía sobre o rosto, e ela ficava puxando o cacho para trás enquanto conversava. Sorria, falava alto e decidiu não ralhar com Arslan quando o menino largou a mochila no sofá. Papai assistia a um programa de auditório na sala e a pequena quis me mostrar as letras que desenhara na escola.

Decidi sair pelo bairro. Dessa vez, não dei desculpas. Entrei num mercado e comprei um maço de cigarros e um isqueiro. Hayati veio me cumprimentar e quis saber de meu pai. Em movimentos largos, Sabah abriu a porta do mercado e quis saber de tudo. Abracei-os, mandei saudações às famílias. Terça-feira era o meu dia de folga e nada me impedia de sair para um passeio. Em pouco tempo, chegava a Alexanderplatz. Dois cigarros depois, estava em Mitte. Havia quanto tempo não visitava esse bairro? Em Volkspark Humboldthain, sentei-me debaixo de uma árvore e entreguei-me a uma disposição contemplativa. Mas era como se as coisas me pensassem, e não eu a elas: as cartas de meus irmãos em Ankara, o pranto de mamãe com a morte de Naz. O dia em que saímos do velho apartamento em Kreuzberg, a noite em que fui atropelado, a madrugada em que Beyza e eu brigamos e quando atirei-me sobre ela, as preces nos alto-falantes, a expressão atônita de papai quando retornou da festa nacional em Brandenburger Tor.

Ao final da tarde o céu começou a fechar e fui retornando devagar. O prazer das lembranças deu lugar a um sentimento pesaroso. Susto e tristeza me tomaram. Tinha sido atirado para dentro de minha própria vida e não havia onde ancorar-se. Naquele instante de devaneio, já não podia atestar se o vulto brotara de um sonho ou da lembrança. Busquei invocar a sua imagem sobre o gramado. Não havia ninguém sobre o gramado. O homem misterioso, o oriental ladino, portava este poder – de evadir-se das lembranças, de circular por elas. E quem sabe não poderia reaparecer numa outra memória onde não se apresentara de início? Zag me ensinaria então a andar de bicicleta. Zag foi o menino que me perseguia no último ano do primário. Zag, o louco, era o velho que gritava de madrugada e atirava garrafas contra as paredes.

Em casa, Beyza sentiu o cheiro do cigarro e foi deitar-se cedo. Iluminado pela luz mortiça da sala, papai balbuciava qualquer coisa. Esparramei-me no sofá. Às onze da noite, todos dormiam.

"Vou lá, pai."

Apanhei a jaqueta e saí. Trovejava. A noite aguardava, calada e arredia. Os menores movimentos ganhavam outra dimensão e cada coisa insistia, desperta na penumbra – o hidrante, o poste, as janelas escuras, a esquina refletindo a luz elétrica. Ciclistas noturnos passaram por mim feito morcegos. Em trinta minutos pisava em Lustgarten. Muito movimento, ainda. Atravessei devagar os vãos das colunas. Era importante que os seguranças não me vissem. Gerard não seguia um padrão de vigilância, ia e vinha aleatoriamente, e qualquer deslize colocaria meu trabalho em perigo. Para não levantar suspeitas, permaneci em movimento. Ergui a aba da jaqueta e circulei pela área como se fosse outro a cada vez. Um dos lugares vulneráveis seria atrás do Altesmuseum, mas mesmo ali eu teria de circular, porque o museu também tinha seu corpo de seguranças e câmeras. Ia e voltava de Bodenstraße. Depois, recuei um tanto. Movi-me até os arcos mais distantes, do outro lado do jardim. Atrás da coluna, resolvi arriscar. Escolhi um ponto de observação e fiquei muito quieto. Dali, o Neues Museum parecia uma fortaleza. Sólido e austero, meu pensamento voltou a circular pelos corredores até encontrar o tesouro de Troia, o legado de Príamo, a cidade-estado desaparecida. Como invadir o lugar? Enlouquecendo os guardiões. Insuflando pavor nos cidadãos. Arraigando em cada homem de paz o ardor da sublevação. Um homem que quisesse roubar as relíquias de uma cidade naufragada no tempo talvez contivesse em si uma cidade sob as águas.

Conto tudo isso porque mais tarde consegui pôr as mãos num laudo policial do inquérito. Ainda evitando tudo o que se referia a esta história, soube que Zagreu era conhecido por muitos nomes. Soube que nascera em uma ilha. Soube da infância num mosteiro. Mencionaram uma tatuagem e até mesmo uma namorada aqui em Berlim, uma bailarina cega que dava aulas numa escola chamada *Fight Club*, em Wedding. Soube disso e não soube, porque atirei no lixo a cópia do documento antes de terminar a leitura. Não quis continuar a leitura e posso estar enganado sobre tudo isso. Já nas primeiras linhas, fui tomado por uma vergonha sem tamanho. Não queria nada com aquilo, não podia mais aguentar. Mas ainda durante a madrugada não pensava em outra coisa. À vista de Zagreu, comecei a tremer de medo e euforia.

Foi por volta das três. A madrugada ganhou o silêncio e o homem reapareceu no jardim. De onde estava, durante alguns breves segundos, pude divisar a silhueta. Não era um árabe. Não era um indiano. Mesmo assim, a pele morena e os traços denunciavam uma linhagem asiática. Logo caminhava, um homem comum. Perto da estátua do leão, estacou. Era aquele o momento. Poderia segui-lo. A única maneira de desmascará-lo seria o confronto. Hesitei. Permaneci, indeciso, em meu esconderijo. Não sei quanto tempo permanecemos os dois ali. Depois de um tempo, Zag virou a cabeça para o corredor sul de colunas. Mesmo de costas para mim, pude perceber que havia estremecido. Que algo o perturbara. E foi então que começou a se afastar. Tomado pela urgência, saí da sombra que me abrigara.

A noite muito escura absorvia nossas presenças. Quando voltei a avistá-lo, ele corria. De mim, logicamente. Claro que tinha me visto. Passei a correr atrás dele; ele disparava a mais de cem metros adiante. Depois, dobrou uma esquina e tentei ganhar velocidade. Mas ele corria muito e, quando vi, já cruzava a ponte sobre o Spree. Zagreu seguiu por Am Kupfergraben, depois voltou a cruzar a Monbijoubrücke. Comecei a gritar porque sabia que não poderia alcançá-lo. Comecei a gritar, mas o que me escapava da garganta era mais uma estocada sem fôlego abafada pelos trovões. Quando adentrou o parque, soube que o perderia. E no instante em que começava a vacilar, quando minhas pernas já não me acompanhavam, sua figura negra voltou a deter-se entre as árvores, desorientado, olhando de um lado para outro. E antes que eu pudesse abordá-lo, três homens surgiram do bosque. Cercaram-no, um deles disse algo que Zag não teve tempo de responder antes de o primeiro punho comprimir o seu estômago. O golpe atingiu um ponto muito sensível, porque ele desabou. O vulto que estava atrás dele, uma figura alta e corpulenta, desferiu um chute em suas costas. E o terceiro sujeito acompanhou o movimento, enquanto aquele que o derrubara se agachou para esmurrá-lo. Mesmo à distância, abrigado entre os troncos, pude ver um reflexo brando do sangue abundante, e num relance a boca desfigurada e os beiços inchados, os olhos empapados da mancha escura. E o pânico e o medo me invadiram, porque o mataram, porque só então percebi que fora testemunha periférica de algo maior, de uma história imensa e presente, um segredo revelado apenas aos que, por paixão ou acidente, se deixavam desabrigar.

MERCED
RCEDES
MERCEDES
ME
MERCED
DES
ME
MERCE
ERCEDES

AQUI O SEU nome era outro. O que houve? Venha, venha para dentro. Não repare na desordem. Eleu, sim. A contrapelo. O quê? Está sumido, você diz. Às vezes confundo os verbos. *Verschwunden*. Alienado. De quem. Sem rastros, nesta Berlim. Sim, eu conto. Apenas não sei onde está. Nunca soube.

Você quer saber dos segredos, mas para isso você terá de entender tudo de outro modo, ver que esta história não tem nada a ver com tesouros num museu, com a paranoia de um vigia solitário. É outra a história. Paciência. Eleu, Zagreu não morreu. Não foi ladrão nem gatuno. Esqueça isso. Você vai ter de começar de novo.

Vou contar a história desde o conhecido. De onde veio. Adianto que não veio de longe. Foi daqui mesmo.

Chegou a reparar na fachada? *Fight Club*. O *quilombo* que você vê é uma escola. Eleu vinha dançar. Muito sangue neste tango, muita queda curtindo o tatame. Nossa religião é a do corpo encontrado vivo. Acenda a luz, se quiser. Estou bem assim.

Não posso falar de Eleu. Aqui ele não tinha esse nome. Veja: eu nunca quis entender. Nem quando estava presente. Presente é pouco. Chegava a doer. Um homem com ventre de mulher, o que diziam. Vinha dançar e deixava bamba a gravidade. Nas *jams* ninguém se salvava. Era ele. Eleu. Deitando para dentro de um ritmo de humores e espasmos atonais. Nenhuma abstração desovava a sua gramática. Um homem de concretudes. Os ombros nada pesavam, nenhuma culpa, nenhum fardo. Como que disposto, cientista, para o mínimo e o silêncio. A sua frivolidade não guardava descasos. Era tudo muito sagrado. Vinha, passava, partia, rindo, rindo, a risada grotesca nas saturnais da primavera.

Eleutério trazia e levava pressentimentos, um amor que se bastava, *rayuela*, gude, balanço, a vertigem das curvas, mãos macias de ócio, dedos que suavizavam a queda, centrífugo que só ele. Daí o mistério. Me explico? Ele era o próprio tambor. O que nunca é idêntico. Ele libertava as coisas de si mesmas e por isso não podia estar aqui ou aí, com você ou comigo. Por isso eu rio quando me diz: está sumido. O que significa isso? Quem seria o Eleutério que não estivesse presente? Que não doesse? Que não fosse assim, como estou tentando te dizer?

Eleu veio por isso. Estar só em Berlim. A famosa cidade baldia, acolhida da euforia e do sono, mais um entre tantos artistas, paridos de quantos cardeais para brincar no parque e fazer amigos, para morrer um pouco, para ir embora, frustrar-se, dançar. Vivos, vivos. Artista é aquele que está vivo.

Os olhos de uma cega só enxergam o que não se mostra: o contrapeso da alegria, o blecaute ao meio-dia, os fusíveis queimados do teatro enquanto os atores ensaiam e fumam, confusos entre a leitura e a função. Sou cega mas tenho olhos. Sim, fiquei. Com treze anos. Na última noite em que vi, chovia. A chuva foi minha imagem mais íntima, queimada na retina. Saí de casa porque já não havia casa. Estou em Berlim há dois anos e nunca vi a torre da televisão comunista ou as barbas dos turcos em Kreuzberg. Tenho para mim um mapa das ruas, o meu desenho delas é o som que me fazem. Quando os faróis estão abertos em Glasgower Straße, a pista reta rasga como uma lâmina, acuando os homens. Já sei como soa um arranha-céu, mas a rua é de pequenos edifícios, como o do *Fight Club*. As mães cochicham em iídiche com os filhos. É outra coisa em Brusseler Straße ou em Ostender Straße, quando se escuta os passos e os pesos, as conversas pairam na calçada, as janelas abrem e fecham e se pode ouvir o regar das plantas nas sacadas. Esta é a minha cidade. O mapa não dá referências e assim fica fácil, porque aqui dá para morar numa casa que não existe. Aqui eu trago todas as casas desfeitas e fica cômodo. Perder tudo é uma regra. Nenhuma humilhação, nenhuma mesmo.

Quer um mate? Vamos para dentro. Mais para dentro. Vou esquentar a água. Está vendo os bancos de madeira no jardim? Ao lado do altar. Nós moramos ali nos fundos da escola. Não há chuveiro, mas o aluguel é barato e temos a chave do quarenta e um, onde ficam os nossos amigos. Nos sentamos aqui?

Zagreu? Não. Eleu. Não roubou nada. Era outro homem. Vou contar como veio a Berlim, de onde apareceu. E você me diga como desapareceu.

Mãe não teve. O povoado de suas meninices se abria

numa ilha que alagou e quem cuidava eram as ninfeias que batiam os trapos com sândalo num rio matutino. Elas e um pescador solitário, um bérbere alto, passageiro, de olheiras negras, homem que assobiava lento melodias de outro lugar. O homem ia de esguelha e ensinava algo no fiar das redes de pesca e nunca ralhava com o menino, de onde se supunha que não seria seu pai, mas um estrangeiro a quem o destino confiou o cuidado. Naqueles tempos, um dia durava o verão; e só havia verão e água na aldeia. Caçavam caranguejos com os pés enlameados no tijuco. Sobre os juncos da plantação, os tordos foragidos veneravam o sul. Aldeões diziam histórias a partir do desenho das neblinas. Na religião morta que seguiam, nenhum deus comandava e todos os caçulas tinham de andar descalços. Os pés calejavam, porque ali se chamava o povo dos primeiros filhos, os ribeirinhos.

Quando nasceu, a terra já era outra. Quente. E o oceano crescia. Os peixes que conheciam deslizavam da água doce e iam cair nos mares indianos, onde as criaturas tinham dentes e subiam de grutas profundas. As redes dos pescadores se erguiam pesadas de águas-vivas, o cordame banhado na gelatina azul. O mundo saiu do eixo, anunciavam. A ilha naufraga. E a cada estação, o oceano cobria um pouco mais das pedras do arquipélago, e ia afogando os fundamentos das casas de pau a pique, os soalhos onde se deitavam. Chão virava argila e lodo. Sabia-se o rio gordo cada vez mais salgado e amplo, partindo em dois a região conhecida. Armaram três pontes e as três mergulharam na correnteza estanque. E tudo era água: diziam. Teremos de fugir, diziam. A aldeia, a languidez dos animais famintos, já sem esperança, tudo aparecia nos pesadelos noturnos de Eleu, as cavernas, submersas, engolfadas pelos fios de cabelo das medusas. Lá embaixo, as ninfeias sorriam ao brilho intenso do menino. Flutuavam com os destroços e os trapos serviam de mortalha, o limo aderia aos braços e pernas que não se debatiam, e o sol escurecia quanto mais afundassem, fartas de oceano.

Era preciso ouvir da boca de Eleu esta história, aí de onde você está sentado, tomando desta cuia o mate que eu preparava para ele. Bolava a lenda como se nunca tivesse deixado de existir, como se enxergasse ainda uma noite em que as fogueiras murchas custavam a iluminar os ilhados. Imagine, neste jardim suburbano em Wedding, que se aquietava para poder ouvir os burburinhos daqueles que seriam os primeiros refugiados ambientais. Quando ainda tinha onze anos, na noite deprimida, o padrasto escutava os líderes da aldeia, antecipando o fim da ilha náufraga. Os peixes salgados já tomavam os lagos, a ilha era um quinhão do que fora e nada secava na fervura daquele pântano. Virariam girinos. O vilarejo de mil anos acabava, para o desânimo das profecias. Por aí, brotaram homens do continente para ajudá-los. Porque representavam agora uma causa internacional, deslocados de outra sorte. Refugiados da terra que sempre os acolhera e agora os rejeitava. Seriam removidos para uma cidade. Outros, para os campos. A língua deles seria deixada na ilha com os casebres descambados e o relevo sem forma. Os cantos deles perderiam a razão. E enquanto os anciões diziam isso, o padrasto encoberto meditava, porque não era dali antes e não tinha os mesmos laços insulares. Um pescador podia zarpar. Ir para longe. Havia o menino, Eleu, e nessa hora deve ter sentenciado o que faria de então em diante. Alguma coisa não era certa. Um certo plano fracassara. O menino devia crescer na aldeia para sempre, mas agora não havia aldeia, não havia destino. E o garoto, que os outros tinham por irmão, porque aéreo e valente, mais alongado que os amigos, ágil sobre as pernas de bambu, o garoto estava condenado a exilar.

Antes que o fim dos tempos viesse morder os seus calcanhares, e antes ainda que a força-tarefa das Nações Unidas acorresse para salvá-los e desertar as famílias, o pescador despertou mais cedo em dada madrugada. Na penumbra do quarto abafado pelo sono, chacoalhou o menino. Tomaram o barco, atravessaram a espuma salgada e foram, soturnos, ganhando distância. E de olhos fechados o menino via a ilha balançando como um mundo perdido, a ilha agora dançava com as ondas e o mar borbulhava para abraçar aquele montículo de terra sob o arco universal. Viajaram dois dias no barco torto. Mar e céu absolutos, o azul sem chão de uma coisa nova. Os bracinhos do garoto queimavam e o sol descoberto castigava a sede dos dois. De um lado na jangada, o padrasto abstinha-se em manter o sentido da jornada. De outro, o menino pensava nos amigos, no mangue, nos caranguejos e na aldeia. Sabia que algo grave se opunha já e irreversível. A quietude o envelhecia. Nascia nele o pensamento. Curtido pelo sol, o medo inevitável o endurecia. Triste, parecia o pai padrasto. O calor era muito, o mar era muito. Muito era o dia sem fim do céu descoberto. E seria muita a vista do porto continental. E a quantidade de homens tão díspares e as fumaças que inalava e o passo do pai apertado e cúmplice daqueles lugares, suas conversas numa palavra opaca e cantada, muita a viagem que tomaram numa carroça, as plantações de sésamo, os jardins de sésamo, os camponeses de sésamo, os sorrisos pretos dos velhos, os outros meninos que o ignoravam, mais adultos, de uma sabedoria malvada, porque para eles aquilo tudo fazia parte.

Eleu não morreu e nem foi autor de crimes. Qual é o crime das formigas? Dos gatos? Eleu não roubou, do mesmo modo que um aymará não rouba. É preciso saber quem foi o menino. Escuto este vento que sopra nas folhas e sei que as folhas são do vento. Mas as folhas também são um modo de acalmar a chuva. São dentes que mastigam. Do seu lado há um altar, você vê? Todas femininas. A imagem de Pacha Mama. A estatueta de Brigantia. Chalchiuhtlicue. Xochiquetzal. Mazu. Iemanjá. Todas guerreiras. São veneráveis criadoras e destruidoras.

Você me indaga à procura de respostas. Eu me pergunto sempre se o segredo não se revela quando não estamos atentos. Na ignorância ou na demência. Há quem se fie na reza. Mas para mim uma oração é uma perna erguida, suspensa e subversiva, o balanceio que o corpo evoca sem a música. Eu posso evocar numa oração e eu posso não evocar. A resposta não é sublime. A cada tanto eu repito esta história que estou te contando. É uma lenda. Como um homem pode existir numa lenda? Falo sobre ele dessa maneira elevada que você vê. Eleu era apenas um homem. Mas encarnamos essas deusas como encarnamos uma intenção qualquer, desde que maior.

Voltemos. Depois de muita viagem, as rodas da carroça alcançaram a vista da cordilheira. Esfriou. As águias ecoavam entre as montanhas. Vestiram abrigos pela primeira vez. O sol queimava na prata azulada das pedras, as rodas esmoreceram ainda mais porque a subida não acabava. Mais um dia de viagem; Eleu quis saber para onde iam, porque não tinham ficado com os amigos, como pescariam sem calor. O padrasto levou um tempo para responder e acabou por deliberar que já estavam chegando.

A carroça só foi descansar numa terra de orientais. Entre os pinheiros espetados despontava um palácio vermelho. O pescador falou com ele.

Você fica aqui, Eleu.

O que tem aqui?

Aqui vão te proteger, aqui você terá uma família.

A nossa família?

A sua família.

Mas você não vai ficar?

Eu preciso ir. Meu lugar é outro.

Quero ir com você. Por que preciso ficar?

Tivemos de sair de casa. Eu fiz o que podia. Não posso mais. Foram muitos anos, entende?

E o que é aquele palácio?

Esta será a escola. Você precisa aprender as coisas.

O menino abraçou-o; sem ânimo, o pescador desabraçou devagar.

Prometa.

O quê?

Que irá ficar. Que só irá sair quando estiver preparado.

Preparado como?

Preparado. Pronto.

Quando você vai voltar?

Você tem uma marca. Em algum momento, você irá descobrir essa marca. Quero que a ignore. Não sei se vai conseguir. Mas eu preciso fazer alguma coisa a respeito. E uma das coisas é te dizer: ignore a marca. Tente ficar calmo. Não procure muito. Está tudo aqui. Você não precisa de mais nada.

Eu não entendo, disse Eleu e começou a chorar.

Desculpe, filho. Eu tenho de ir.

O menino chorava e dizia Eu não quero, pai, não vá embora, pai. Os monges se aproximaram e o menino se debateu um pouco quando o tiraram da carroça. Não soube a última vez, o último vislumbre do pai, porque as lágrimas toldaram a visão da despedida, os ombros caídos do homem forte.

A escola era um templo. Muitos meninos corriam pelo pátio, todos de cabeças nuas e trajes monásticos. Havia um deus de ouro no altar. Curiosos o rodearam e falaram na língua desconhecida. Riram e apontaram para ele. Queriam que entendesse várias coisas. Alguém o ajudaria a falar durante os primeiros dias. Um ancião viera recebê-lo e avisara que agora aquela era a sua casa, que ele fosse obediente e que muitas coisas bonitas nasciam de uma mente assim e assim.

Aos poucos o menino entendeu. O frio deixou de constranger. E quando cortaram seu cabelo, atinou que queriam que fizesse parte, que existisse com eles. O padrasto o deixara em boas mãos.

Vários anos ficaram para trás. Ali ele aprendeu muitas coisas. No templo das montanhas, ensinaram que a palma é um livro de uma só página. O destino é o que se lê com a ponta dos dedos. Fecha-se o livro e o punho se cerra. Era preciso ler os livros e também os homens.

A cada dia, ensinavam essa sabedoria milenar. Ele ouvia cada frase e meditava. E não estava pronto, porque a maioria dos dilemas ele ainda não enfrentara. Sem a chance de errar, a sabedoria ficava pela metade. E ainda não lhe fora dada tanta autonomia.

O que ensinaram? Que sem os princípios não havia

fins. Predicaram: a simplicidade do homem bom é difícil de seguir. A simplicidade do homem mau é fácil de seguir. Seguir o difícil, portanto. Mas aí devolviam: o malogro ensina o homem a lograr. Seguir o fácil? Para malograr e daí seguir o difícil do homem bom? Começar pelo fácil ou pelo difícil? E diziam: não há melhor efeito do que o provocado pelo mérito. Merecer. E como? Hoje é melhor que amanhã. Merecer hoje. Merecer este prato de arroz? Merecer as pipas que se debatiam contra a luz? Merecer o esquilo que vinha brincar, que fugia dele? É preferível uma verdade desagradável a uma mentira agradável. Contar que derrubou os vasos, que foi sem querer. Mas o agradável não é uma forma de verdade? Dormir não é uma forma de verdade? A pipa ou o esquilo mentem ou dizem a verdade? A saudade é uma verdade? O bom e o mal que os outros não veem é visto por si. A angústia abrevia a vida. Há que buscar o desagradável e não angustiar-se com ele. É isso, então. Malograr sem angústia para aprender a lograr. Desconfiar do que é agradável. O rosto é visível e o pensamento é invisível, disse o mestre na língua estrangeira. A água dissolve a pedra, o mole submete o duro por insistência. É preciso, suave, insistir. Merecer a pedra. Não se angustiar com ela. A água da enchente é a lama; a água da fonte dissolve a lama. Aos poucos, pé ante pé, para abrir caminho. Este é o princípio e o fim. E foram anos eruditos, de muitas palavras e muitos silêncios. Ensinaram-lhe que o tempo e as ondas esperam por ninguém. Que bom é perdoar, melhor é esquecer. O silêncio, o silêncio. A vontade de sair, os olhos fechados do monge, o incenso e as folhas acarinhadas pelo vento na cordilheira. O homem é de argila. O homem é de barro. A fonte cristalina que limpa o barro. Naqueles anos, pregaram. Ensinaram que o homem oscila como os pinheiros. Que a morte sepulta o orgulho. Que ninguém jamais conheceu a verdade. O caminho difícil do homem bom. A insistência da verdade desagradável que ninguém jamais conheceu. A insistência por merecimento. O merecimento por insistência. Silêncio, as costas que pendem, o sono da madrugada, a plantação de arroz. A pipa. O tolo está mais próximo da sabedoria do que aquele que se considera um sábio. Não pensar. Silêncio. Não abreviar. Saber sem saber. Não pensar. Insistir. Merecer. Cristalino. As pipas não mentem nem dizem a verdade. Quão grandioso é o irrisório das coisas. Para cada opinião, há outra contrária.

É possível e não é possível.

O rosto alongou. O corpo começou a questionar pelos poros e pelos. Eleu obedecia aos mestres e à curiosidade. Não deixava de se espantar com as nascentes, os peixes do rio cristalino. Tinha sonhos perturbados. Curtia a tristeza do inverno e a agudeza das primaveras. Dos meninos era a fome encarnada. Condes, frutas-pão, nonis, o sânscrito, os detalhes das santas e das raias. Amava a Shiva e a Shakti porque lhe era natural o amor das coisas ausentes. Os monges falavam disso, de que as coisas ausentes estavam presentes, de que ser e não ser eram afins e de alguma síntese brotava o saber de que as coisas mais importantes não se apresentavam, de que era preciso admirar para chegar do outro lado delas, viajar na imobilidade. E sonhava com o mar, e percorria com os dedos os desastres naturais, a paz e a fome, da alegria do pátio ao pai que se afastava na carroça para sempre.

A vida no monastério acordava com os mantras, a ioga e a tinta das letras; depois de comerem, descia-se a escarpa até o vale onde se metiam na plantação de arroz. Ali se cultivava e se colhia. Comiam do arroz e os mais velhos também bebiam do arroz. Às vezes da aldeia chegavam os homens para tratar de assuntos, comerciar víveres, curar alguma chaga.

Uma ou outra vez por ano, um turista pernoitava ou vinha retirar-se na montanha. Conheceu franceses, chilenos. As fisionomias do mundo. Eram engraçados porque pareciam tomados de um esforço, tudo sempre precisava acontecer, qualquer coisa era sinal de alguma coisa, um drama para cada simplicidade. Os estrangeiros vinham para deslumbrar-se, porque segundo os monges tudo era novo para eles, não tinham paciência e por isso julgavam comer mais e mais rápido dos mistérios, queriam visões de uma noite de mil anos e nem adormeciam e já queriam visões e já se iam embora.

A roda girou para Eleu quando veio uma dessas estrangeiras de brincos e pulseiras de contas, tatuagens na pele morena, braços finos e *dreadlocks*. A andarilha vinha da Índia ao Butão, a mesma viagem de Eleu com o pai para chegar até ali. A mulher, Zoey, veio numa manhã, quando Eleu treinava o kendo com os outros. Aí ela não o viu, pois os monges eram um grupo de partes iguais, todos carecas, o mesmo tom tectônico dos mantos. Comeram juntos e quase todos os meninos ficaram mesmerizados, como se cada vista fosse uma despedida, uns curiosos e outros mais, uns querendo saber, outros querendo estar.

Tímido, Eleu resistiu à miragem. Mas, nas imagens do sono, a estrangeira tirou a roupa e se debruçou sobre ele, e era a primeira vez que uma menina encostava a pele toda e o peso sobre o dele, e viu que tudo se voltava para isso. E houve mais: ele tocava em algo nela, ela sorria e ele indagava o que era aquilo, e ela dizia o mundo, você quer o mundo?, quer o mundo?, e ele abria os olhos antes de todos, muito só entre os vultos que ressonavam nas liteiras.

Não dormiu mais. Saiu mais cedo para o pátio. E para o seu espanto, viu a mulher lá fora, sozinha no sereno da montanha, os braços nus – Eleu, quase se escondendo, aproximou-se, fugindo, pé ante pé, os fios rebeldes despontantes dos *dreadlocks* sobre os ombros. A nuca à vista, os ossinhos da nuca e a estrangeira olhando a paisagem e comprimindo os olhos verdes, a boca franzida, os braços e as marcas dos braços. E num instante, além do parapeito que dava para a solidão do vale, ela o viu chegar e sorriu para ele, e o convidou com a cabeça. Disse algo que ele entendeu, Qual é o seu nome? Eleu. E o seu? Zoey. Zoey não é um nome. Eleu bem menos, e riram. Você é diferente dos outros, você veio de outro lugar. Sim, da ilha que afundou no mar. Onde, como? A ilha no mar indiano. Você não parece indiano. Eleu não soube o que responder, e riram. Gosto desses desenhos. São tatuagens sagradas, ela respondeu. Esta não é sagrada, ela disse. E há outras profanas. Quer passear?, ela perguntou. Você deve conhecer por aqui. Gosto de caminhar de manhã. Mas nós não caminhamos de manhã. O que vocês fazem? Comemos. Meditamos. Praticamos o kendo. Eu também gosto de fazer isso, mas podemos enganar um pouco o hábito. Vamos?

E como não soube o que responder, desobedeceu ao hábito. Ficou à espera de alguma consequência nefasta, mas não recebeu qualquer sinal de que o caminho era errado. Sabia que teria de aceitar. Não havia sinal de mentira ou engano. Os mestres ficariam furiosos? E por que isso perdia tanto a importância, diante da ideia de seguir a garota encosta abaixo?

Na floresta, encontrou-a. A andarilha e o exilado calaram no entendimento. A constelação de sardas, a terra seca e áspera, a pele úmida, seiva, suor e âmbar. O dia aguardou os gracejos, tudo o que passava se deteve e nada aconteceria enquanto estivessem dilatados. O menino era romântico por inexperiência, dedicado pelo assombro, ainda supondo uma delicadeza da mulher. Zoey desceu mais, interna no orgasmo, podia fechar mais os olhos e perceber de outra maneira a importância daquilo. Pareceu-lhe bruta e ele admirou-se porque era algo mais a aprender. Ele agora tinha tanto a pensar e nenhum tempo para pensar. Fizeram que sim para acolher a ferida.

Deitados, no minguar encantado da tarde, ela quis saber o que era a marca que levava nas costas. Que marca? Isso, esse símbolo. Uma palavra, um desenho, um código. Você vê um desenho nas minhas costas? Não sabia disso. Você tem uma tatuagem científica, um hieróglifo químico. Parece antigo. Contorceu-se para ver, mas a esguelha não alcançava. Você tem uma mensagem aí, para você, Eleu. Não é só para você. O que é? Um nome. Her Stelle. Um símbolo e algumas letras. Não faz sentido. Não entendo. Depois tiro uma foto para você ver. Uma tatuagem? Onde havia sido? Eleu tinha só dezessete, a marca que os ilhéus imprimiram? Mas as outras crianças não tinham aquilo. Algum canto? Por que haviam escondido?

Caminhando de volta para o templo, ele atreveu a pergunta: e agora? Você quer viajar comigo? Venha comigo. Você quer? (Ele já queria sair? Já não tinha mais o que fazer ali? A mulher viera buscá-lo, então era assim que acontecia?) Para onde vamos? Seguir. Estou pronto? Não é coisa que se pergunte, Eleu. O que é estar pronto? Não sei. Se nos conhecemos, é sinal de que você está pronto. Fugimos? Como faremos? Os monges já devem ter notado a nossa falta, Eleu. Mas isso é seu. Afinal, você pertence ao lugar. Diga a eles.

Era noite quando retornaram. Nem bem alcançaram o pátio e já vieram chamá-lo. Não poderia fugir. Tinha de assumir. Anunciou que devia partir. Assentiram enquanto falava. Eleu chorou diante dos anciões, porque aqueles homens eram a sua outra família que perdia, agora de comum acordo. Os monges então o consolaram. Vá, disseram. Você abriu o caminho. Um poço de onde se retira a água pura. Sua trilha é a mais antiga que o tempo dos homens. Foram buscar uma trouxa: seu padrasto lhe deixou isso. No dia em que partisse, deveríamos entrega-lo a você.

Não teve coragem de abrir a bolsa de estopa diante deles. Velha, curtida, impunha uma cerimônia e ligava a manhã da partida à tarde órfã da chegada. Pelas janelas abertas do templo, a noite abrumava. Um gato media os passos no parapeito, sopesando com a pata dianteira a firmeza do vaso sem plantas.

Partiram na manhã seguinte.

Tem companhias que custam. Um diz aquilo, o outro deixa de dizer, um dá um passo e o outro se encolhe, revezando a coragem, sem consensos. Esses dois foram de vez.. Já sabiam, convictos, apesar do medo. Ela nunca se deitara com um monge, mas Zoey era das que enxergavam o homem. Ela desmontava o seu constrangimento. E o que ele jamais saberia sozinho, com ela praticou todo dia.

Dali principiou o verdadeiro palmilhar. Percorreu o

continente ao lado de Zoey. Como loucos ou migrantes, como os primeiros nômades, cruzavam um ponto, um porto, a aldeia, montes plácidos, poente a poente. Mendigavam, atingiam grandes cidades desde os subúrbios, passavam dias para chegar ao outro extremo, um hiato na estrada feito de gente reunida. Provavam das masalas e das pakoras, dormiam em quartos quando tinham sorte, avançavam em boleias sacudidas pelos buracos da terra, deixavam-se atazanar pelos mosquitos, iam escutando as vozes da gente, o povo gesticulando um pedido, uma prosa. Comiam a poeira, vira-latas, banhando-se em rios sagrados e salobros. Agora entendia que os homens gostavam de criar as suas próprias ilhas. Que a cidade era uma ilha e dentro dela, cada casa era uma ilha. O avesso disso era o que lhes interessava. A arte das concepções diárias. Não bastava privar-se, esgueirar-se para fora das abundâncias, de nada se aprendia (algo sim; muito, até; mas não bastava) no isolar a vida do corpo, afastar as tentações e não provar dos desequilíbrios. O mosteiro não servia mais. A criança não cabia mais. Até porque a dor não aplacava na fuga e precisava estar preparado. A dor dominada era a íntima, a dor amada, não como o mártir que a encena, mas como um ator mambembe, um palhaço, amigado aos ofícios do absurdo e às artes do fracasso. Teria de desiludir-se, mesmo, para encontrar o meio do meio, a margem-corrente sem corrimãos. O pouco também é apoio. Fácil é ser monge na caverna. Mais duro é equilibrar-se na noite dos homens.

Uma vez estavam nas margens de um lago, a alguns passos da trilha que percorriam. Era noite e mal podiam conversar, de tanto que coaxavam os sapos depois da chuva. Respiravam os vapores de um ar pesado e sentiam-se tristes. Talvez porque os tivessem enxotado de um terreno naquele mesmo dia. Ou pela fome alternada ao estômago calejado. Haviam divergido quanto ao caminho a seguir. Tomaram um atalho desnecessário entre propriedades particulares, arriscando-se à boa ou má vontade dos fazendeiros. Debaixo de um chorão, escondiam-se.

Antes que a noite tomasse conta, Eleu foi apanhar a faca no interior da mochila para descascar umas frutas que colheram durante a tarde. As unhas sujas roçaram na trouxa de estopa, herança do padrasto. Abriu-a e voltou a contemplar o embrulho compacto em papel pardo. Não sabia por que ainda não abrira aquilo. E então não sabia a razão por que estava abrindo. Assentido pelo silêncio da companheira, rasgou o papel do embrulho.

Seu pai era rico.

Meu pai é pescador.

É muito, isso. É demais.

Não sei o quanto vale.

Essas notas são as que mais valem no mundo. Só esta aqui vale cem das que temos no bolso.

O que fazemos com isso?

Não podemos continuar na estrada. Seremos roubados.

Mas estivemos carregando este dinheiro desde que

saímos do templo.

Sim. Só que não fazíamos ideia disso.

E para onde iríamos?

Podemos voltar. Talvez fosse bom.

Voltar para onde?

Para a minha cidade. Nova Iorque. Você vai gostar. Fica muito longe. Tomaremos um avião. Agora podemos.

E foi assim que o homem ganhou uma identidade, fotos, impressões digitais, e foi então que lhe imprimiram um registro de refugiado ambiental, que lhe permitiria emigrar e conhecer a cidade de Zoey. Embarcaram, voaram. Do espanto ao pousar não se lembra, não contou. De qualquer forma, levou algum tempo desde a aterrissagem para que chegassem. Chegar é uma arte lenta.

Pois chegando, se agruparam. Zoey quis um espaço deles. O dinheiro garantia uma trégua na precariedade. Eleu não sentia falta de conforto porque nunca o tivera. Preferiu o galpão abandonado de uma trupe: poetas, músicos, performáticos, atores, vira-latas. Se conheceram na rua. Estavam todo o tempo na rua, aprendendo os idiomas. Falavam com os sonâmbulos dos parques, com os mendigos e os ambulantes. Deram ouvidos às biografias de gente que amava sem enquadres, exilados pelos pais, filhos de operários brutos, artistas despojados. Tomavam vodca, cheiravam cola, fumavam marijuana e volta e meia levavam uma surra dos oficiais e passavam a noite na delegacia. Vez ou outra, alguém lhes acertava uma garrafa na nuca. Aguardavam na fila do hospital um atendimento. Vez ou outra desistiam, o ferimento crescia. Tinham febre. Voltavam a beber. Não é bem certo como sobreviviam a tudo isso.

Gostaram muito deles – de Zoey e de Eleu; foram tomando uma alegria nova diante desses caçulas. Mas estava claro que Eleu seria sempre um forasteiro, ao passo que Zoey, por ser dali, tomava providências sem perceber. Orientava-se. Isso os afastou. Eleu, corajoso, queria provar ainda mais. Ver até onde podia chegar. E não sabiam bem como, mas tudo o que ele fazia era de outro modo. Algo eclodiu no armazém, naquele ninho dos acasos. Uma intensidade insuportável para os órfãos.

E o que aconteceu? Marina, das meninas, encerrou-se. Estudava as manchas das paredes, pôs-se a conversar com o vento, com a mãe assassinada pelo pai, sempre prestes a sair da prisão. Michael, poeta e pintor, deu para jogar. Apostou tudo o que não tinha numa mão furada, dobrou o lance, mordeu os beiços, entregou o blefe. Deram a ele vinte e quatro horas. Fugiu antes disso e vieram procurá-lo no galpão, derrubaram contas, miçangas, estriparam os artesanatos do grupo e queimaram as barbas crespas de John. Com duas semanas, Michael retornou inchado, pálido, os dedos carcomidos pelos peixes, catalogado pelos legistas nas margens do rio urbano. Zoey se acostumou a calar. Não era assim tão forte, tão corajosa. Não estava preparada para tudo e recebeu mal a velha cidade. Eleu se esquecia dela, já nem conviviam. A companheira tentou mais de uma vez afastar-se, mas retornava ao galpão. Tinha os olhos sulcados. A Zoey, sim, de sardas e íris aquáticas, das noites inesquecíveis da Índia, do eterno abraço, cúmplice, não soube pedir ajuda, porque órfãos não pedem ajuda. Adoecem. Eleu foi ignorante. Queria amar a todos, provar de tudo, afundar no humor de outros corpos. Perdia-se em quartos baratos de distritos vizinhos, voltava e respeitava em excesso o silêncio de Zoey, que parou de andar e de comer. O pequeno John, dos mais perdidos, raspou a barba queimada e passou a aceitar encomendas e trabalhos, ganhou interesse em juntar uns trocos, quis ser correto, afastou-se de Heleno e chegou mesmo a ralhar com ele. Agora o cheiro lhe saltava. Heleno o fedentino, Heleno o sem-banhos, Heleno sem ar, que de sua parte deu de acumular coleções de coisas mortas, ratos, morcegos, e ia cultivando pequenos vasos de pelos e asas, flores putrenatas de mofo e fungo, do verde e branco da morte.

O lar dos meninos perdidos ganhava ares de manicômio.

Em certa tarde de sábado, resolveram fazer um assado. Patti, Jonathan, Walker, Zoey, Eleu e Linda, que eram os que restavam. Os homens andavam de peito nu. Com as costelas marcando a pele, Eleu fumava de costas para o grupo, mirando os estratos da paisagem. Um tempo havia passado e pensava nisso. No modo como que esquecera a inocência e perdia o lastro dos ensinamentos. Em como tudo já se rarefazia. A cidade, a estrada, a montanha, a ilha. Cada lugar pedira dele um sacrifício. Agora tudo era bruto e extraviado. No intervalo da brasa do cigarro, punha isso ao lado do cuidado dos monges – a lenta prontidão, o tato vertical.

E Zoey? Zoey estava perdida e já não podia contornar as feridas. Achou que obedecesse a um chamado quando decidiu navegar com a corrente e cumprir com as urgências internas. Mas não era só isso. O chamado podia ser um impulso, uma vulgaridade, uma covardia. Por conta disso, falara muito, nas horas frágeis. Em sua alegria bruta, pusera à prova sem comedimentos. Crescera antes de entender os tamanhos, não mensurou as forças e ignorou o que não se impunha à atenção, o tempo das sementes, o que não se manifestava sem esconder-se, os medos das pessoas. Queria arrancar a planta ainda sem pernas, queria podar o caule informe. No delírio realista, durando o cigarro nos dedos, pensou de novo que nem tudo havia de ser vivido. Era esta a arte.

Mas e o que já perdera? E as pequenas chances mais sensíveis, que já se fecharam? Devia seguir. Fazia mal a Zoey. Era imperioso reconquistar o amor da beleza. Buscar alguma beleza.

Demorou a perceber que Jonathan estava ao seu lado, fumando. Repetia os seus modos – o olhar além, a distração. Expirou uma fumaça do peito, perguntou a Eleu.

Homem, o que é isso nas suas costas?

É uma marca de infância. Sempre esteve aí, acredita? Sempre me esqueço dela.

É Berlim.

O quê?

É a torre de Berlim. Minha irmã me enviou um postal. Meus pais nasceram lá. É Berlim. E esta palavra, Hers Teller, é alemão.

Achei que fosse o sobrenome de meu padrasto, sei lá. Foi um homem estranho.

Quer dizer "fabricante" em alemão. E o símbolo é da torre Alex, a Fernsehturm, a rádio comunista. Não tem erro. Você não veio da Índia?

Sim. Sou indiano.

Tem certeza?

Tenho. Quer dizer. Acho que tenho.

Você é quem sabe, amigo. Mas se eu fosse você, ia ver o que é isso. Afinal, tem um cartão-postal nas suas costas. E um composto químico. Surreal.

Eleu sonhou com Berlim. Pediu a Linda que pintasse a tatuagem num cartão. Depois, pediu uma foto para que pudesse espelhar as suas hipóteses. Um lar? Pai? Origem? Num sebo do centro da cidade, comprou um postal antigo da torre comunista. Sim, sim. Era isso mesmo, Jonathan tinha razão. Achou ali mesmo um guia de viagem desatualizado. Ali dizia: a cidade dos artistas.

Compôs o espaço vazio da capital. Tudo o que ali cabia e o que ainda não tinha cabimento. Eleu numa rua deserta em Berlim. Um clube noturno. Esboçou em linhas finas os passos que cruzavam as fronteiras dos bairros: Friedrichshrain, Mitte, Spandau. Os aros enferrujados da bicicleta, uma câmera analógica entre os lençóis. Conheceu no íntimo os semblantes, dedicou-se à contemplação: o homem alto de pernas ágeis, que conheceria numa performance. A mulher triste que o convidaria para a sua casa, querendo dormir com ele. Crianças pintando os trilhos com guache, colorindo as mãos, os braços, os cotovelos. Velhos centros de espionagem, corredores subterrâneos. Um homem sóbrio e perfumado, diretor de teatro, aguardando para atravessar a Bernauer Straße com uma agenda e um jornal debaixo do braço.

Imaginava muitas cenas, ia impregnando um lugar com a felicidade que ainda não vivera, com a imensidão que ansiava. Numa festa, lá pelas tantas, a um canto com os joelhos dobrados, ouvindo as conversas da casa. A luz indireta, o vulto da festa já dispersado. Restariam os mais chegados, cinco, seis amigos, um deles de violão no colo, vozes familiares e um vaivém quase sem propósito, encantado e preguiçoso. Então, o familiar era isto: quem o conhecia e já o tinha visto, gente que ficasse, que não fosse embora. A comunidade de bons e maus momentos. Que já o tivessem acompanhado em outras bandas. Andar juntos na madrugada. Perdoar uma e outra vez. Sumir um pouco e voltar. Entender na confidência um refúgio. Estar no centro de si, na telenovela de si. E Berlim o cenário – os risos nos fundos do palco, o eco de um ateliê improvável – vinho, cigarros, o assoalho de madeira em volta. Fotografar os amigos. Ler num só dia o livro emprestado e escrever uma longa carta. Canções comuns.

Assim falando parece tão simples. Mas não era, não era. Na ilha em que vivera, na alvorada do mundo, ninguém falava dessas coisas. Comiam, brincavam, cantavam. Depois, entre os monges, o mantra e a rotina toldavam a carente euforia, a necessidade de sujar-se. Depois, em Nova Iorque, os irmãos não tinham pacto. Ser cuidadoso significava baixar a guarda. Eram mulheres e homens no galpão, mas podiam ser uma cidade deserta de trailers no meio-oeste.

Era mais – tinha de ser – o que faltava. Tinha de ser sagrado e sem tabus. Havia tempo de sobra e tanta gente saindo pela porta e caindo no mundo. A filosofia espiral do rever. Que a novidade nasça do mesmo, para variar. Que a novidade seja algo dentro de algo dentro de algo, e que seja aqui o espaço para pensar, do sonambular imóvel – como na dança – o variado improviso. A cidade abraço, Berlim, assoalho pélvico das ressonâncias, o vibrar contínuo de um deus que medita.

Quando pisou o tatame do *Fight Club*, muita coisa já tinha sucedido. Aviões. Uma conexão. O fim do dinheiro do pai. As caminhadas, as funções de rock. Berlim era tudo o que Nova Iorque não era. Quis ser artista. Mas um artista sem obras, porque já era isso. Não queria ser nada mais do que era. Não queria estratagemas para capturar o que não se captura. Como eu, queria devorar o mundo porque tinha medo de ser devorado por ele. Pescava o fugidio para naufragar sempre e seguir dentro. Sair e seguir dentro. Não guardava muita paciência para os sentidos das coisas. Dava uma banana pelas cosmogonias. O transcendental, o além-túmulo. Não fazia distinções. Uma imagem não era uma imagem. O que lhe acontecia ainda não havia acontecido e já tinha acontecido. Ria das linhas do tempo. Na primavera, a pulsão das coincidências. Amante, sempre. Calado. Fazendo parte. Como estar mais presente que isso?

E não era de se espantar que sobreviesse a onda de uma manhã e já não estaria aqui, mas claro e distante. Habitando o pensamento de alguém. Dentro do pensamento de alguém. Não partiria, porque isso não existe. Eleu e eu éramos um só e eu queria dar tudo para ele. Mas dar pode ser um modo de tirar, de buscar uma cumplicidade para devassá-la. Quando o vejo é porque também me vejo. E eu me vejo aqui, neste jardim, nua e aninhada sobre um palco vazio, diante de todos. E está chovendo. A chuva lava meus cabelos, fecha as minhas pálpebras, escorre nas mãos, pinga, pinga de meus seios, de meu membro descansado, desce pelas pernas e já não me vejo porque atrás das águas a sua cara assume tantas caras. E de golpe já não sou Eleu, o artesão, o errante, o que atravessa por dentro.

SILENA
NA
SILENA
SILE
ILENA
SI
SIL

NÃO SOU DEPRESSIVA, não. Quando falo que o melhor é não ser, que o pequeno príncipe da Dinamarca levou aquele tempo todo para se decidir, tudo o que estou dizendo é que nesse meio-tempo dava para animar o palácio um pouco mais, sabe? Armar um baile esplendoroso; e depois o resto é silêncio. Porque silêncio é ouro. Salsicha? Esta já está boa. Curry? Extra-curry? Aqui está.

Eu amo isto aqui. As crianças correndo pela grama, invadindo a pista de decolagem. Os boings aposentados, desfilando paradinhos, o aeroporto vintage que mais parece um shopping center socialista pré-Chernobyl. Elegantes. E os alemães, então? Amo os alemães. São o povo mais civilizado do planeta. Altos, magros, aqueles olhos claros. Arrotam feito Odin e seus trovões. E a festa que fazem.

Falávamos em Dendrites. Não, não. Claro que não morreu. Isso é exagero deste turco com quem você falou. Sim, o espancaram feio. Quebraram três costelas, dois dedos e o único nariz que tinha. No hospital, estava tão inchado que parecia outro. Acabaram com ele, pobre. Eu sei o que é isso. Den não morreu, mas te digo que foi aí que a coisa desandou.

Moramos juntos. Fico ali em Lichtenberg. Dizem que antes o bairro vivia ocupado pelos neonazis; hoje, os vizinhos são os bêbados contemplando a tarde. Sobem e descem a estação. Mas são bonzinhos. Às vezes falam alguma bobagem em alemão; outras vezes me cantam. Eu saio altiva e de nariz empinado. Não quero confusão. Estou bem demais aqui.

Mas quando o Den chegou era tudo uma festa. Que menino. Selvagem, mesmo, sabe? Aqueles cabelos desgrenhados à Peter O'Toole, o olhar de quem acaba de acordar. Uma surpresa por dia. Evidente que a turma se apaixonou. Den era o menino multimídia de Lichtenberg. E admirava esta paz. Dizia que aqui se podia ficar um pouco quieto, que em New York tudo já havia sido ocupado. Se você só quer a perfeição, aos poucos vai começar a tropeçar no salto. Isso é fato. Os gringos têm tantas fórmulas, criaram esquemas até para a perda da inocência. Não me espanta que sejam os senhores da guerra.

Enfrentei a guerra. Vi com estes olhos marotos o povo da Califórnia todo armado e de armadura sob o sol de Alá. Quando o esquema não se aplica, eles atiram uma bomba. Como sei disso? *I'm from Palestina*. Mais não quero contar. Fugi. Sou foragida. Berlim foi um desvio, não era para eu estar aqui. É que tentaram me matar. Minha família não aceitou o meu jeito. Meus dois irmãos vieram um dia e eu fugi. Não tenho família, querido, estou livre. Pedi refúgio e refrigério, e me colocaram no sul da Alemanha com uns sírios. Mas aí também me molestaram. Perdi a calma e revidei. E fugi de novo. Por isso estou aqui. Uma Marlene Dietrich palestina e sem um puto. O que aconteceu comigo não passa com os alemães. Por isso digo, cheguei ao paraíso pela porta dos fundos, uma maletinha, três vestidos, dois sapatos, cinco calcinhas, um par de chinelos, um estojo gasto e o cansaço de um século. Minhas amigas me ajudaram e comecei o serviço num hotel aqui perto. Mas mexeram comigo e não posso mais revidar. Prometi a mim mesma. Não aqui, não no paraíso. Aí agora trabalho no escritório de uma produtora. É isso, querido. Enfim a Blanche se entendeu com o universo.

Den me apresentou às amizades dele. Fizeram de casa a casa deles. Depois seguiam e passavam o dia todo às margens do Spree. A primavera é um desbunde. Sinto frio e esse povo de peixinhos e ovelhinhas tosadas de fora.

Veio então a ideia de erguerem o muro. Mas antes, espere: a Fantasística. E antes disso, ainda, os malabarismos peripatéticos. Não sei quem teve a ideia. Se a Carol, a cubana que cuidava dos velhos num complexo em Weißensee. Ou se o próprio Julio, que fazia horas na chapelaria de um teatro. Em breve tinham montado um corpo dramático. Foi quando o Den deixou de visitar o *Fight Club*. A argentina cega veio até aqui. Foi uma cena triste. Sei bem o que é entregar-se para alguém, reverenciar um escroque ou um anjo, amar tanto a ponto de se anular por dentro, isso de não existir outra coisa além dessa figura que parte, que morre para sempre da sua vida. Daqueles olhos desvistos da menina brotavam tantas lágrimas que o rosto salgava todo, a pobre. Eram olhos azuis, tão bonitos, e ela achava que a vida tinha acabado.

Eu abri a porta para ela. Ela quis ficar. Só o que ela queria era que o Den chegasse da rua, para que a tristeza passasse por alguns poucos dias antes de retornar ainda mais forte. Perdi um grande amor – o meu amor não escapou; eu escapei. Envenenaram ele. Ninguém foi ao enterro. A irmã e a mãe. Quiseram cuspir em mim e disseram que o solo onde o meteram estaria condenado por mil anos ou dois mil anos. Quem fala nisso, meu Deus? Quem se interessa em mil anos? Doeu tanto. E por muito tempo eu ainda rezava a Deus para que trouxessem o meu amado, para que eu o visse pela última vez. Só uma despedida, sabe, e eu perdoaria tudo neste mundo. Tocar a mão dele, me aninhar com ele na cama. E ele veio num sonho. Sério como um juiz do fim dos tempos. Eu pedia para ele ficar, e ele só dizia que ninguém deveria ficar no deserto, que eu deveria fazer o que era preciso, que a minha casa estava noutro lugar, que eu tinha o poder de criar o meu mundo onde quer que fosse, que "o amor acompanha a espada", foi algo assim. Ele me alertou, sabe? Eu despertei disposta a viver. E foi a história que contei à menina. É do humano ter de partir com um pedaço a menos. Aos poucos ela veria isso com clareza. Pode levar anos. Mas não são anos perdidos. Uma hora ou outra criamos a coragem para abandonar a Deus, para deixá-lo aos cuidados dos homens maus.

Eu sabia que o Den já não pensava nela. Que o presente era a sua única amante. Ergueram algo grande em Schneeberg Straße. Não era uma simples peça teatral. Acho que começaram com leituras dramáticas. Depois, um grupo de estudos aberto sobre um filósofo, não lembro o nome, lá vou eu entender dessas coisas? Só sei que iam botando tudo à prova. Nenhuma frase passava sem o teste da vida vivida. Por isso mesmo que lá pelas tantas já não era mais isso. Inventaram algo de seguir as pessoas nas ruas, de estudar os movimentos e de ver-se num lugar outro. Imitavam as pessoas pesadas e as leves, mas sem que percebessem. Um *rite rhythm lab*, um laboratório de ritos e ritmos. Se você pisar na rua no ritmo do outro, vai poder entender um pouco o modo como esse sujeito enxerga o mundo. Uma vez o Den voltou certo de que encontrara um assassino, que aquilo se via nos sapatos, que o homem era transversal e parecia pisar em degraus que não existiam. Aquilo o marcou. Tudo o marcava muito.

A ideia era mesmo a de deixar-se lambuzar de afetos forasteiros. Repousar o corpo sobre um pé e sobre o outro – a caminhada fazia intimidade com a oxigenação do pensamento, um modo de colocar no eixo os desvarios. De fazer falar os esquecidos. Somos feitos de esquecidos (além de tanta coisa, que sei, que nem me pergunte). Uma teia de esquecidos que vai levando a lembrança com um sultão sobre o pálio. Den falava nessas esdruxulias. Adoro.

Bateu um ventinho, não? Deixa eu pegar o casaco. Vê isso aqui? É porco. Gosta de carne de porco? Tudo o que os alemães fazem leva porco. Digo, de comer. E repolho – conservas – chucrute, afe. E cerveja. Uma vez me disseram que os alemães eram o único povo que consumia álcool por uma questão de caráter. Todos os outros europeus achavam aquilo um vício rude e boçal. Os russos também, acho eu. Pega ali, no isopor. Tem dunkel e tem a weiss. Pode pegar. Aproveita e apanhe uma para mim, *will you*? Cair de bêbado era sinal de virilidade. Imagine só. Claro que então não os chamavam de alemães. Eram vikings, germânicos ou sei lá. Um outro povo. Diferentes, mesmo, nos modos de encarar a vida. Todo esse pessoal do norte tem uma vista aérea. Como o Elias, que é sueco. Você pode conversar com ele, também. Não sei se ele vai te ajudar.

O Elias vinha nos visitar e ficavam os dois ouvindo o mesmo disco de Charles Mingus e fumando um blend até as quatro da manhã. Falavam um inglês repleto de interjeições em espanhol, que eram as línguas que Den aprendera em New York. Me chamavam para ficar com eles e aí éramos uma família. Eu saltitava até a cozinha e fazia uns drinques especiais. Eles bebiam como bárbaros, sorriam, elogiavam com ternura. Mas o gim e o aperol subiam mais rápido em mim. Filosofavam inabaláveis enquanto eu meditava, lixava as unhas, pensava na luz como um veludo sutil, ia para a janela, fumava e dançava pela sala. Eles me enchiam de perguntas e às vezes eu nem dava bola.

Certa feita vieram buscar o Den e ele não estava. Aquela coisa. E o menino tinha sumido uma semana. Era do feitio, mas cheguei a roer as unhas. Dois dias depois, chegou uma carta para mim.

"Eu caminhava pela Savignyplatz." É o Den, nas palavras dele. Você estava curioso, então eu trouxe a carta que ele me escreveu. Veja o papel. Deve ter tomado de alguém na viagem que fez. Olhe a letra do Den. O pouco ou nada que se pode guardar de um menino como ele. Vou ler aqui para você.

"Eu caminhava pela Savignyplatz. A tarde estava muito bonita e tinha acabado de comprar um velho I-Ching de bolso. Era um livro sem capas e em chinês. A edição se desmanchava e com ela nas mãos eu andava por ali, sentava, lia sem ler, depois me levantava e seguia caminho. Topei com uma livraria que mais parecia uma adega, construída sob os arcos que sustentavam os trilhos do trem. Logo pensei em deixar o livro em alguma ilha no centro da livraria e observar quem se interessaria por ele. Era uma ideia boba e gostei dela justamente..." – Esta parte está difícil de entender. Que letra. – "Foi o que fiz e em seguida me escondi atrás de um totem de postais antigos enquanto de esguelha mantinha atenção sobre o livro, todo espanado sobre os outros, novos e lustrosos. A cada tempo, o trem passava sobre nós e os lustres tremiam como se uma passagem fosse se abrir. Cheguei a me esquecer da missão, distraído na leitura das mensagens dos cartões-postais: comentários breves sobre viagens. As gerações seguintes se desfazem dessas coisas, porque nem tudo diz respeito a nós, eram conversas entre finados. Quase perdi o sujeito de cabelos cacheados. O Agustín. Foi ele quem agarrou o I-Ching. Naquele mesmo dia, me convidou para uma viagem. Pegar a estrada do norte, seguir de bicicleta entre as hélices das fazendas de ar. Levou um dia para chegarmos até a casa de campo. Foi tudo muito tranquilo."

"As rodas da bicicleta giravam entre o meu corpo e a estrada, giravam em torno dos eixos, e eu punha os eixos em movimento com as coxas, os joelhos e as panturrilhas. As rodas empurravam a terra para trás e me projetavam para diante. A cidade se afastava, nunca de todo. Não havia um limite definido entre as duas. O que se deixava de ver eram as pessoas, que rareavam. Acabara de conhecer o Agustín, mas ele se detinha para perguntar se eu estava bem, se queria descansar. À frente, tudo o que escutava era uma espécie de maresia, minha respiração e o encaixe constante entre a correia e os dentes das rodas. A paisagem se distinguia tanto das que conheci, da paisagem indiana, dos subúrbios de Nova Iorque. O ar era o mesmo e era outro. Pela primeira vez eu me dava conta de que estava noutro lugar. E o território, eu o pintava enquanto via. Aquela indústria diante do lago, esta caravana de cataventos, um bosque mais fresco, a proximidade da estrada e a neutralidade dos automóveis que avançavam como vagões solitários, o ruído aquoso da borracha sobre o asfalto, também neutro, feito para não deixar ecos, e de novo uma curva, o capim espanando os joelhos. O bairro distrital, a senhora com a touca vermelha pendurando roupas. Isso era nova-iorquino, mas logo algo o desmentia – o formato da caixa d'água, a decoração esquecida do Natal passado. Agustín ia um pouco à frente. Esperava-me então, ruborizado, um suor desconhecido que era uma outra forma de conhecê-lo. E era ele quem levava o I-Ching em chinês. O livro sem capas servia como um passaporte. Um suposto desvio do que esperava para aquele dia. Mas não era um desvio."

"O dia findava quando chegamos; encostamos as bicicletas nos fundos de uma casa de campo, uma clareira plana com mesas comunais, bandeirolas e lâmpadas amarelas amarradas entre as paredes estriadas da casa e os troncos pendentes. Da cozinha escapava um vapor branco de onde as pessoas emergiam em voz alta. Adolescentes e crianças brincavam juntos, tramavam, corriam, esperavam, fugiam e se perseguiam. Sentei-me com os adultos. Serviram-me legumes cozidos e assados – abóboras, cenouras, repolhos, batatas. Não havia sal: apenas azeite, em garrafas sem rótulo. A ruiva que estava no colo de um sujeito que parecia Jesus Cristo veio até Agustín com uma cuia grande nas mãos. Depositou-a sobre a mesa e perguntou:

'Conseguiu achar o magnésio?'

'Não foi fácil, Sofia', suspirou com sotaque espanhol. 'Vieram com um formulário. Não se pode comprar mais que trezentos mililitros.'

'Ah, deve bastar.' E seguiram com algum traquejo alemão.

Agustín voltou-se para mim.

'Boa a comida?'

'Boa.'

"Alguns não davam pela presença de um recém-chegado. Outros vinham me oferecer um prato, queriam saber se eu provara de tudo."

"Mais tarde as coisas seriam diferentes. As crianças já haviam se recolhido num chalé de dois pisos que chamavam de edícula, a duzentos metros da casa. Na entrada do salão, os adultos começavam a despir-se. Uma pilha se formara: calças, bermudas, vestidos, cuecas e calcinhas, chinelos e botas sujas de terra ao lado da porta dupla. Tirei as roupas também para me juntar aos outros. Ninguém prestou atenção. Dois homens dedilhavam as cordas de instrumentos acústicos, as mulheres papeavam sentadas no piso frio. Agustín veio me cumprimentar, quis saber como eu me sentia, e fomos nos sentar num sofá largo onde os violonistas ensaiavam. Havia uma garota negra muito bonita, pernas compridas não totalmente cruzadas, cabeleira vasta, um tremendo sorriso nos lábios azuis. A ruiva tentava entender o que ela dizia. A ruiva tinha seios muito grandes, tranquilos, os ombros um pouco arqueados. A negra, não – os ombros eram dois pômulos de prontidão, o pescoço longo como de uma estátua. Uma morena, que parecia entretida em outro papo, não saía de perto da negra e afagava o seu braço. Quase todos se afagavam ou se abraçavam. Um casal magro se beijava perto da porta, ele mais alto que ela, cheio de pelos, ela pequena e pálida. Um dos homens de cabelos compridos entrou na sala com um tambor. Era o Jesus Cristo."

"A ruiva avançou para beijar a negra, ficando de gatinhas, arqueando as costas e deixando os seios penderem. A morena acariciava as duas. Dois meninos se beijavam. Uma garota deitada sobre o joelho de um deles abria e fechava as pernas, de onde se podia ver a enorme gruta e os lábios arrepiados. Essa menina passou a brincar com os pintos dos meninos, sopesando-os na palma das mãos, rindo para eles, dando beijinhos. Quando endureceram, começou a chupá-los. Agustín quis saber o que era a minha tatuagem. É o que me trouxe a Berlim, falei. Perguntou: que substância química é essa? Respondi que a tatuagem estava aí quando dei por mim. Sim, ele respondeu. Parece mesmo bem antiga; tem um quê de anos oitenta. Que história estranha, ele disse. E ficou de averiguar o que era o composto químico. Eles trabalhavam com adubos, fertilizantes naturais, plantavam orgânicos para a venda e consumo próprio. Todas as semanas havia uma feira a alguns quilômetros, e armavam uma barraca linda. Faziam queijos, também. Não eram veganos. Mas o fato é que na casa não entravam embalagens, apenas grãos e mel em garrafas de vidro, e jamais feriam ou enclausuravam um animal. Por isso o leite não tinha gordura, era um leite magro, depurado. Também produziam os próprios instrumentos, eram os professores das crianças. Viajavam em cinco vans, erguiam o circo, limpavam tudo. Iam plantar noutra parte. Queriam reproduzir a riqueza das culturas nômades e sedentárias. Por isso alcunharam-se Abelardos, filhos de Abel, morto pelo irmão por pastorear, por cultivar o tempo para nutrir os descansos da alma."

"Nesse instante, senti o toque leve das mãos de uma garota em minha perna. Tímida, sorria, um dos dentes tortinhos na frente. Os bicos de seus seios eram grandes, tocados pelas pontas dos *dreadlocks*, o clitóris baixo. Desci do sofá até o chão. Um pandeiro e dois violões entoavam um ritmo circular. Perguntei de onde era. De Colômbia. Falamos um pouco em espanhol. Fiz um carinho em seu braço. Um beijo. Quando apaguei os olhos, pude ouvir o som das peles contra peles, o deslizar dos tecidos humanos, o riso, suspiros, o alemão rasgado. Outra pessoa me acariciava, e senti pelo peso e pela dureza que não eram as mãos de uma mulher. As mãos não me despertaram nada, pareciam minhas próprias mãos, só que de outro. E então vieram mais mãos, estas femininas. Eu tinha várias mãos e lábios nas costas. Comecei a lamber os pelos e o clitóris da colombiana, que recostou-se nas coxas de outra pessoa. Alguém vinha por baixo de mim e me beijava e chupava. E enquanto isso me lambiam o ânus, com uma sofreguidão que às vezes me impedia, às vezes me estimulava ainda mais a chupar a garota. Minhas pernas tremiam. Em pouco tempo, a colombiana e eu chupávamos os lábios da menina que até havia pouco me chupara. Um garoto magro e afeminado beijava os seios da de olhos puxados, e Agustín comprimia o polegar contra o meu ânus, preparando-se para entrar. Em alguns minutos eu penetrava a japonesa enquanto beijava os seios da colombiana e Agustín me penetrava. Logo os corpos não eram de ninguém, eram passagens de uma energia oceânica, as pessoas não se possuíam porque o próprio corpo era despossuído, e eu dormia naquele estado, e seguia comendo a japonesa enquanto algo duro e doloroso embarcava dentro de mim, e a japonesa me olhava e fechava os olhos porque não era comigo, aquilo não era para mim; eu era um homem desconhecido que entrava em seu corpo, e ela o acolhia com uma naturalidade felina. E eu me deixava penetrar pelo pinto estranho porque de algum modo aquele era também o meu pinto dentro da japonesa."

"O lastro gozoso nascia da ruiva e de suas nádegas frias, dos pelos crespos e das covas nas nádegas do homem que a penetrava; dos meninos que se acariciavam a um canto, discretos, em troca de confidências; da negra de lábios azuis que comandava um ritmo mais brando com seu parceiro, os seios diminuindo nas costelas; do espanhol grávido, tão concentrado, e da mulher quieta que se aninhava, solitária, enquanto o espanhol fazia todo o trabalho; das três meninas de vozes altas e movimentos baixos, do tarzan de cabelos compridos e castanhos, que parecia escutar uma música e estocava ao ritmo dessa música. Ali estávamos, todos reunidos e irremediavelmente alheios, a imagem doce do cuidado, a marca violenta do abandono no relevo das curvas e vegetações. Ao fim e ao cabo, tratava-se de um ritual – uma cerimônia da qual não era possível não estar um pouco de fora, e havia a música, e era possível encontrar na música o ritmo, ou despistá-lo em nome de um outro, mais próprio. Gozei dentro da japonesa. Agustín já havia se ocupado longe dali. Quis abraçar a colombiana mas me detive, sem jeito. Não quis ser invasivo."

Dio mio! A carta, ele me mandou pouco antes de voltar para casa. Veja o cuidado que teve. Não queria que me preocupasse, o querido. Acabou chegando uns dias depois. Eles queriam que ficasse, mas o Den tinha negócios inacabados em Berlim. Finalmente, na hora da despedida, o Agustín veio com uma conversa. Disse que a substância química cuja fórmula gravaram em suas costas era de uma droga experimental, um derivado da CI581 e que fez algum sucesso nos anos oitenta, um anestésico chamado Special Y. A droga tinha sido sintetizada em 1961 para ajudar os combatentes no Vietnã. A Special Y produzia efeitos supralunares, mas também causava convulsões desde a primeira ingestão.

Den ouviu a tudo, despediu-se e foi meditando no caminho. Pedalou mais forte. O augúrio hermético não lhe caiu muito bem. Aí já não sei o que pensou. Não soube entender. Talvez meditasse sobre esse lance do prazer, de Berlim como uma cidade do prazer induzido, dos prazeres buscados e ritualizados, dos prazeres absolutos e domesticados, dos prazeres feitos para comunicar, dos prazeres que tinham apenas um sentido possível, ou de todos os prazeres condensados numa máquina de prazeres. Mas o principal é que nascera na década de oitenta e não tinha mais grandes dúvidas de que era berlinense. *Ich bin ein Berliner.* Por algum motivo seu pai o levara daqui. Para quê? Protegê-lo? De quê? De quem? E por que havia tatuado aquilo em suas costas?

Ao retornar, pegou um rumo diferente do que tomaram na ida, e acabou topando com um abrigo dessa onda nova de imigrantes. Estão por toda a parte, agora. Um galpão alto, cercas, jovens em seus banho de sol, muita roupa secando nos varais, crianças a rodo e gente sem camiseta, vigiando atrás das cercas de um modo curioso. Não se aproximou muito. Acho que sentiu medo. Tinha pressa. Precisava pensar. A orgia não o afetou – contou tudo aquilo para me agradar. Fiquei cheia de tesão, confesso, e admirando ainda mais o Den. Ele chegou sujo e com fome. Moldei umas almôndegas com salsa e uvas passas, fritei--as, cozinhei o molho de tomate, escaldei um espaguete e derramei tudo sobre as porcelanas perfeitas de dois pratos fundos. Enquanto ele comia, eu o admirava. Subiu-me um arrepio só de vê-lo. O pobre não entendia nada. E contou tudo isso que te falei agora, do derivado anestésico, de que restavam poucas dúvidas de que em algum lugar guardavam uma certidão alemã que correspondia ao seu nascimento, de que ele tinha outro nome além de todos os que já tinha, e talvez tivesse vários justamente porque o seu nome principal era feito de letras mudas, como o h, seu nome um longo h numa língua estrangeira. Brincou de ser Johannes? Walter, Ludwig, Amadeus, mas estes pesaram, caíram ainda pior. O alemão talvez fosse o peso da alma que desconhecia, a paixão subterrânea, a sua alucinação mais secreta.

Ai, olha só! Acho que torrou aqui, querido. Você gosta de bem passado? Prove duns provolones. São italianos. Fiz esse hambúrguer temperado, está torradinho. Picles para acompanhar? A mostarda. Mais um pouco? Isso. Com molho tudo melhora.

O que sei é que o Den fechou a cara depois disso. Nunca mais o vi como no dia em que chegou, como nos primeiros tempos, que foi o tempo da exuberância, de compor com os passos, das partituras diuturnas. Uma consciência sobrevoou o tempo livre. O dinheiro acabava. Durou o que foi possível. Den não gastava nada e a herança era grande. Mas teve essa vez, ele quis entender a cidade. A turma da fantasística perdeu-se dele. A Carol vinha às vezes. Um dia tomamos café da manhã. Foi quando me contou os planos do grupo. Queriam armar um muro de livros no lugar onde o antigo passava, um espaço baldio e que precisava mesmo continuar daquele jeito porque o vazio do espaço ali era uma espécie de memorial. Construir algo por cima do espaço vazio destruiria a memória ou algo assim. E uma empreiteira tinha comprado todo o Reichtag pelo direito de erguer um complexo luxuoso no terreno. Fizeram mil manifestações, mas o calibre do capital é maior que o dos jovens, da gente que morreu e viveu pelo muro. Trouxeram os advogados, a briga foi para todo canto. E de algum jeito aprovaram a construção do complexo. A ideia da fantasística, disse a Carol, seria a de invadir o terreno já cercado por tapumes e levantar um muro de livros roubados da Staatsbibliothek, uma aventura perigosa, quase suicida, mas que servia também como uma afirmação de pertencimento. Eram todos estrangeiros, você vê, não tinham cidadania, não podiam votar, não falavam a língua (com exceção do Julio, um cérebro avantajado), mas mesmo assim, num gesto de extrema coragem – melhor: de petulância planejada –, agiriam para interferir num assunto sensível aos interesses da cidade, do Estado, do Deutsche Volk. Adoro. Jamais teria essa coragem. A gente fica receoso, mas torcendo. O grupo dividiu-se. Tinha gente com medo disso, que queria apoio de mais gente. Outros disseram que não, que este era um gesto da fantasística. A Carol não queria perder tudo o que já havia conquistado em dois anos na Alemanha, não sabia o quanto toparia sacrificar em nome da causa, de uma performance mega-arriscada. Chegaram a alugar uns drones. Filmariam tudo do alto, projetariam sobre o Brandenburger Tor, um auê.

O resultado foi trágico, você deve ter ouvido falar. Conseguiram invadir a biblioteca, levaram seis vans de livros roubados. Na calada da noite, usaram machados para abrir caminho nos tapumes e conseguiram levar tudo para dentro do terreno. Os drones cobriram tudo, a Deutschewelle transmitiu. Os livros não bastaram. O muro nem parecia um muro. Era a ideia de um muro, como essas obras de projetos perfeitos e execução falha, que aí você precisa adivinhar o que queriam mesmo com aquilo tudo, sabe? O tempo, que foi escasso. Acionaram a polícia, a empreiteira ativou sua equipe de seguranças e muito rapidamente vieram com tochas de queimar breu, dessas que usam para pavimentar rodovias. E tocaram fogo nos livros, que arderam como na noite dos cristais e se consumiram em poucos minutos. A turma levou toda a culpa, foram presos ou deportados. Devolveram as chaves do teatro alugado. Tudo tão frágil. Aconteceu duas semanas depois do café da manhã que a Carol tomou lá em casa, e foi uma tremenda sorte que o Den já estivesse ocupado com outras coisas, que não visitasse mais o grupo, que os tais experimentos de caminhada já parecessem uma falsa intervenção, uma brincadeira boba. Foi acordando para o fato de que as ideias são as moedinhas, o trocado do sistema, que nem mesmo eles levavam isso tão a sério, ou teriam feito algo que funcionasse. Perdeu-se em caminhadas sem fim por Tiergarten, Mitte, Prenzlauer Berg, Friedrichshain, para ver o que havia escapado, para entender alguma lógica secreta, mas claro, já sabemos o fim de mais esta história, não havia lógica secreta, havia prédios, a vida que seguia com seus trabalhos, suas fábricas, seus serviços, agendas culturais, movimentos sociais, o mesmo que se passava em toda parte, e de nada adiantaria aquela recusa de crianças em participar da vida dos adultos, e era preciso entender tudo isso, não apenas optar por algo e que no fundo não é uma opção, é uma falta de opção. O Den não sabia de nada, o Den era muito pequenino, como você e como eu, e não entendia nada de nada.

E não tinha culpa, afinal. Mas estivera com eles no caminho e queria seguir com eles – se ao menos eles continuassem. Mas o poder dilui o plural, no poder, tudo é problema seu e culpa sua, e cabe a você lutar contra a soberania da Nação. Isso me falavam no escritório: discricionário. Achei que estivessem falando de discrição – que deveria ser discreta na Alemanha, não dar na veneta. As autoridades não poderiam responder pela ira de sua gente e ser discreta seria um procedimento de segurança própria. O mesmo que me diriam na Palestina. Depois, achei que discricionário fosse uma espécie de discriminação: como refugiada, só poderia fazer certas coisas. Não estava vestida de direitos. Claro, entendi, amém, oficial. Eu só queria o direito de existir. Vim para cá porque aqui teria chance de me aceitarem. O mundo é um lugar perigoso para alguém como eu. Na África me queimariam no mesmo dia. Acabei descobrindo que discricionário é a palavrinha bonita para optativo. Quer dizer: você, Silena, abaixe a cabecinha, você está aqui porque deixamos, porque somos alemães *Wunderbar*. Mas não é um direito, hein? Não vá se acostumando. É discricionário. Todo país é soberano para acolher quem bem entender. Se você jamais puder retornar ao seu país, não é culpa nossa, Silena. Não somos seus pais, você não nasceu aqui. Não há plural para você, Silena dos Sete Mares. Deusa apátrida, rainha dos desavisados. O homem que disse isso era um alemão bonito de ver. Daria para ele naquele instante. Só para dizer que entendia o gelo. Carência absoluta, vontade de pertencer, de tocar na pele de um homem terrível mas que me daria uma chance. Adoro os alemães. Só quero uma chance em troca de todo amor e devoção.

Em seguida, o Den foi buscar trabalho. Encontrou um lugar que pagava uma miséria, a cozinha de um bistrô coquete defronte a uma praça, e ficou lá duas semanas. Iam pagar a semana e já estavam atrasados. Quem limpa banheiro precisa de dinheiro logo e à vista, não sabiam disso? O Den foi cobrar o pagamento. "Você vai se indispor com a gente? Vaza daqui, indiano sujo, ou a gente chama as autoridades agora. De nós você não leva um marco." Não queria encrenca, não estava para briga. Engoliu a humilhação como só os grandes homens são capazes de fazer. Chegou um caco. Abrimos uma garrafa de Mezcal que a cubana trouxera outro dia. Bebemos em silêncio, e aquela noite foi como um pacto de irmandade. Soubemos ser irmãs de verdade. Que a partir de então um cuidaria do outro, *no matter what*. Lembrei do sonho onde meu amor me disse que a casa estaria noutro lugar, e quem sabe a família também estaria noutro lugar, e caiu essa ficha, saltitando na minha cabeça, que a gente não quer abandonar uma família, quer é criar uma outra. E o Den é meu irmão, e tenho algumas irmãs queridas também. E é por isso que mesmo se eu soubesse onde está o Den, eu diria a você que ele está morto ou perdido. Sem querer ofender, amigo. Mas não se engane, que ele não está morto. Não, não está morto como essa carne toda que a gente abandonou na grelha. Fogo? Obrigada.

Devo adverti-lo: isso de buscar alguém que por sua vez está perseguindo outra coisa não pode acabar muito bem. Li outro dia a história de um jornalista alemão que se apaixonou pelas canções de um compositor latino, um sujeito de óculos grandes que explodiu nos anos cinquenta e sessenta. O jornalista descobriu-o numa viagem ao Japão – ao entrar por acaso num pequeno sebo de vinis, no subúrbio de Tóquio. O dono da loja mostrou-lhe uma bolacha, riscou ali uma música simples do cantor que soprava os versos num jeito único, e parece que chegou a inventar um movimento musical inteiramente novo, porque cantava como um iogue no nirvana, não sei se pondo o ar para fora ou para dentro. O alemão ficou obcecado pelo cantor e quis encontrá-lo a todo custo. O problema é que ninguém sabia onde estava o dito-cujo. Diziam ser um vampiro, que trocava o dia pela noite, não saía de casa e que para ele nunca bastava; tocava dez, doze horas por dia e já com oitenta anos, seguia buscando o som do universo, o sopro perfeito. Eu sei que o jornalista chega a ir até a cidade onde ele mora e contrata uma detetive, isso tudo na América do Sul, não sei se no Rio ou Buenos Aires, eu sei que é uma cidade com praias bonitas. Mas a busca é falida, não resulta em nada. Ele publica um livro sobre o insucesso. Mas, antes mesmo de lançar o livro, o alemão se mata, atira-se da janela na frente dos amigos. Ninguém entende por quê, mas muitos dizem que foi influência do músico, que quem se aproximava muito ficava louco ou virava um vampiro.

Não quero te assustar, mas o Den é desses. Se você for muito afetado, muito sensível, o homem vai te enlouquecer. Eu até gostava de brincar com ele que quem afundou a ilha foi ele. Você não está procurando um homem qualquer. Mas não precisa me olhar com essa cara. Estou aqui para servi-lo. Batatas? Você viu que eu cozinhei umas cebolas roxas?

Agora vamos às claras: não foi um tempo fácil para nós. Eu sustentava a casa, o Den fazia das suas. Não havia desânimos, não era do nosso feitio. Mas agora ele tinha de saber, entendo? E não havia uma pista, um fio de cabelo, um rastro possível nesta puta cidade. Sem horizontes para o Den. Acontece isso. Começamos bem, ganhamos um impulso tremendo, e aí a gente acha que vai seguir assim, que tudo irá desenrolar-se de modo natural. O Den entendia isso e falava em ondas como um velho hippie, em sintonizar certas frequências. Para surfar no destino era preciso entender, perceber, não lutar contra o fluxo. Até Berlim, tudo meio que brotou, como um talento, como se uma ladeira o tivesse trazido para cá. E agora a ladeira terminava e ele se via nas profundezas de um vale, diante de uma cidade sem centro, sem mensagens, nenhum sentido muito novo, nada identificável. O fim da juventude? Tinha chegado tarde? Só sabia que as ruas não bastavam. Já disse isso. Das ruas ele via tantos lugares fechados. A cidade era feita de espaços abertos, mas também tinham criado outros lugares inacessíveis, proibidos para alguém como Den ou como eu. E havia o hábito dos berlinenses, o jeito de viver. Ele era de lá? Não era? De onde seria? Agora caminhava e percebia que girava em falso, descarrilado. O entusiasmo, aquela trilha sonora que escutara até aquele dia de repente se apagava, acabara a bateria do music player e era um susto conviver com o silêncio das coisas que não diziam nada, o silêncio dos pontos de ônibus vazios, das ruas desertas, dos bipes dos códigos de barra, dos caixas automáticos, das despensas da cozinha, o silêncio das marquises, dos monumentos, das teorias difíceis, o silêncio dos banheiros públicos e dos homens que repõem o papel toalha dos banheiros públicos, o silêncio dessas turbinas das aeronaves aposentadas, o silêncio dos adolescentes com suas vozes repetitivas, incoerentes, voltadas para si, o silêncio das batinas, o silêncio sepulcral dos gases atmosféricos, do futuro, o silêncio branco das UTIs e dos legumes congelados, e todos os silêncios que se aglutinavam a partir do momento em que Den deixara de ouvir a sua música e o seu caminho.

E ele via os jovens passarem nas ruas, os gringos dos albergues que chegavam a incomodá-lo com seus deslumbramentos gratuitos. O entusiasmo tinha envelhecido nele? O encanto primeiro de todas as descobertas? Eu dizia: ai, Den, você mais que ninguém deveria saber que nada dura para sempre, e ele dizia eu sei, eu sei, não é bem isso, o pior é perder o contato com isso, não estou em contato com nada. Com o quê?, eu queria saber. Com a continuidade, Silena. Quero saber de onde venho e isso me impede de enxergar qualquer outra coisa, é o véu que recobre. E seguiu falando dessas coisas, de que sempre estivera perdido, mas que então alcançara um outro lugar, um lugar estático.

Impaciência. Logo a estrada arrancou para outra parte. Não houve tempo para ficar inseguro, para pensar se fazia tudo errado. O Den teve um encontro que mudou a vida dele e virou o jogo de uma vez. Um encontro de radionovela, de fim de temporada. Onde se encontrava, mesmo? Deixe me pensar. Lembrei. Mitte. Numa loja de vinis, montada no estacionamento de um edifício abandonado. Veja só, como o jornalista no Japão. O balconista pusera um hard rock e o Den entrou, atraído pelo som. Foi apanhando um e outro dos discos, sentou-se num sofá puído, examinou cada uma das capas sob a luz do abajur. Percebeu então que o observavam. Ergueu a cabeça e a princípio não reconheceu o homem de calça jeans, camiseta pink e jaqueta de couro, cabelo cortado bem rente.

Mas então fixou-se no rosto todo escondido pela meia-luz, os olhos de queixo duro. Mesmo depois de quinze anos, não teve dúvidas de que estava diante de seu pai.

Ergueu-se. O pai imóvel, a observá-lo. Acho que não teve reação. Deve ter pensado em fugir, mas a visão o tomou de surpresa.

"Pai?"

O homem tinha medo de alguma coisa. Mas entregou-se e abraçou o menino que já era grande, que largara em um mosteiro no Butão tanto tempo atrás.

Agora me diga: qual é a chance de uma coisa dessas acontecer?

Mas não vou me distrair. É que esta história me comove muito. Vou apagar as brasas aqui e terminar o que começamos. Vou reproduzir as palavras dessa conversa, frase por frase, como o Den me contou. E se houver exagero é por minha conta, é a imaginação remendando onde falha a memória.

"Pai? O que você está fazendo aqui?", repetiu. Estranhou a loção, a pele cuidada e o cabelo. O que acontecera com o pescador bruto e arredio? Como era possível?

Não entendia nada de nada de nada.

O pai olhou para trás, como se os vigiassem. Abraçou-o de novo e indicou os fundos da loja, onde havia um café para que se sentassem. Vieram atendê-lo. O pai perguntou o que ele queria. O Den pediu uma água. O pai voltou-se para o atendente e fez o pedido num alemão irretocável. Mal notou o Den completamente atônito, o queixo caído de vez.

"Você está bem?"

"O que está acontecendo?"

"Você não devia estar em Berlim. Foi a tatuagem?"

"A tatuagem e o dinheiro que você me deixou."

"Foi um erro deixar o dinheiro. Mas não podia largá-lo daquele jeito e sem nada."

"Por quê, pai? Não estou entendendo. Eu sou alemão?"

"É, sim."

"O que aconteceu? Quem é minha mãe? Por que eu cresci tão longe daqui?"

"Você não deveria ter voltado, Den. Sua vida corre risco."

"Como assim? Por quê?"

"E há mais que preciso dizer."

"Dizer o quê?"

"Que seu pai é outra pessoa."

"Estou vendo. Você é outro."

"Não. Não é isso que quero dizer. Eu sempre fui esta pessoa."

"Então o quê?"

"O seu pai é outro sujeito. O seu pai é outra pessoa. Entende?"

Neste momento, o atendente chegou com a água e a Schweps. O Den sentiu vontade de vomitar. O pesar e a fúria não cabiam dentro dele. Como extravasou? Não extravasou. Ficou ali, esperando o homem prosseguir.

"Seu pai se chama Herstelle. Como a tatuagem que está marcada nas suas costas."

"Meu pai? Herstelle? Quem é ele? Está vivo?"

"Sim. O homem está vivo."

"Foi ele quem fez a tatuagem em mim?"

"Não. Quem te tatuou foi o seu tio, irmão de sua mãe."

"Minha mãe vive com ele? Onde estão?"

"Olhe, filho, você não deve encontrá-lo."

"Mas quem é você? Quem é você?"

"Meu nome é Adelhelm."

"Adelhelm?"

"Escute: seu pai é um traficante poderoso e eu trabalho para ele. Vou contar tudo. Mas este não é o momento."

"Um traficante? Você não é o meu pai, mas trabalha para ele?"

"Eu sei que tudo parece muito confuso neste momento. Mas escute o que eu digo." O homem que se chamava Adelhelm voltou-se para a entrada da loja e examinou a tela do próprio celular por um instante. Depois, virou-se para o Den e disse:

"Vamos nos encontrar amanhã. Me espere às três horas no jardim diante do Neues Museum. Não tem erro."

"Às três da tarde, amanhã?"

"Às três da madrugada."

"Da madrugada?"

"Não podemos ser vistos."

O homem ergueu-se, virou o copo de Schwepps. E disse, antes de partir:

"Eu vou te contar tudo. Devo isso a você. Esteja lá, diante da estátua de um leão, na frente do Neues Museum. Peço desculpas a Deus pelo que fiz. Você vai entender."

E saiu. O Den virou-se e ficou observando o homem guardar o celular no bolso interno da jaqueta e desaparecer pela porta. E depois que desapareceu, ainda fixou-se na porta por mais o quê? Um tempo de letargia absoluta. Viu as moedas deixadas sobre a mesa. Ergueu-se e foi diretamente para o Neues Museum, porque não se lembrava desse jardim. Viu a estátua do leão. Acabou entrando no museu, percorreu todas as coleções e se espantou com os cacos e joias da coleção de um arqueólogo que descobriu a cidade de Troia, a famosa e jamais encontrada fortaleza, a tal da Helena de Troia, a epopeia do cantor cego, Homero, outro homem que queria voltar para casa, ou foi o personagem da história, não sei. Havia outras cidades que desapareceram do planeta. Nesse momento, quem sabe, o menino já tenha começado a delirar com a Berlim submersa. A cidade que conhecia e que agora era sua poderia naufragar uma vez mais. Berlim já havia sido destruída antes da Guerra. As ruas que via agora não eram deste ou daquele jeito. As cidades também migravam no tempo, abandonavam certos lugares e partiam para outros. As cidades também se refugiavam, buscavam abrigo, morriam no mar e iam parar em outros continentes.

De qualquer modo, saiu do museu e veio tomar um banho. Não me contou a história de imediato, porque eu estava no escritório trabalhando, ocupada com outras coisas. Soube apenas no dia seguinte, quando o Den passou a noite diante do museu à espera do homem, que não apareceu. E fui eu quem disse, até para tranquilizá-lo, que talvez ele estivesse se referindo à madrugada seguinte. O que é amanhã, afinal? Lá foi o pobre Den, de novo, esperar pelo sujeito que guardava o segredo de sua vida. E mais uma vez esse tal de Adelhelm, o pescador que trabalhava para um traficante, não deu as caras. Nesse instante o pânico desabou sobre ele. Não deveria tê-lo deixado ir embora sem uma resposta. Ficava dizendo: Silena, eu errei. Eu deixei aquele homem fugir mais uma vez. Confiei nele, não tive reação. Ele prometeu que me contaria tudo. Herstelle. Meu pai. Eu disse que parecia um sobrenome muito incomum e muito raro na Alemanha. Mas que mesmo assim ele teria de encontrar o padrasto. E foi lá ele de novo na madrugada seguinte, pela terceira vez, uma pilha de nervos. E depois de aguardar por um tempo, ele reconheceu o pai, ou o padrasto, quero dizer, ou ao menos a jaqueta e o jeans, as mesmas roupas que vestira na loja de vinis. Mas em vez de abordar o Den, o sujeito passara longe, como se apenas quisesse ser visto. O Den chamou por ele, Adelhelm, Adelhelm, e esse sujeito começou a correr. O Den foi atrás e o perseguiu até um parque vazio. Foi quando descobriu a armadilha. Adelhelm não estava lá.

Uns cinco homens o espancaram e alguém cochichou no ouvido dele alguma coisa como "Esteja avisado. Você não pertence a esta cidade". O rosto do Den ficou todo amassado. Um jovem caminhando pelo parque encontrou o pobre no chão, desacordado, e avisou a polícia e o hospital. Saíram à toda.

E é aí que começa o verdadeiro périplo. A ida aos infernos. O Den, sem nome e sem rosto, desapareceu de Lichtenberg. Abandonou a nossa frágil família.

Se eu sei onde está?

Está brincando?

KAMAL
KAMAL
KAMAL
KAMAL
KAMAL

A EUROPA NÃO são as nossas férias. Não estamos de visita. Europa para nós é uma ilha, um barco que não afunda. Para cada um que está aqui, cem tentaram e não conseguiram. E para cada um que tentou, cem não puderam tentar. Velhos, crianças, mulheres, enfermos. Na minha aldeia, as milícias de Darfur vieram uma vez e não precisaram retornar. Queimaram as casas, fuzilaram os meninos, molestaram as mulheres. Bashir afirma em rede nacional que somos insetos e que devemos ser eliminados. A aldeia inteira, quase inteira – meu professor, meu tio, minha avó, o artesão, os amigos de infância. Todos morreram num único dia. Encontramos refúgio na selva e passamos a viver em vilarejos secretos, vendendo a pesca do rio aos mercadores, enganchando nossos botes nas embarcações que sobem a correnteza. De onde venho, nunca sabemos o que vai acontecer. Se adoecemos, os médicos não chegam. Os jovens enlouquecem e os velhos param de comer. Os padres se esforçam para ajudar, mas nem mesmo a força deles consegue mudar a nossa realidade.

Foi um tio que ia e vinha da costa o primeiro a falar da Europa. Ele fazia entregas no litoral e conheceu muita gente que tentava cruzar o Mediterrâneo. Mas raramente recebíamos notícias dos que partiam; quase nunca voltavam. As famílias ficavam raivosas porque achavam que tinham se esquecido dos que ficaram. E também sentiam-se culpadas por tê-los deixado partir e começavam a se exasperar. Iam para a praça, perguntavam para todos os estrangeiros. Dos que voltavam, às vezes alguém trazia um pouco de dinheiro. Às vezes apenas a roupa do corpo, porque eram mandados sem aviso, capturados na rua sem os papéis e em situação irregular.

Para nós isso seria o fim, a pior coisa que pode acontecer. A Europa é uma balsa à deriva, e nós somos os sem-papéis, presos aos pneus encharcados, arrastados pelas ondas.

Hoje já não sei o que queria ou o que imaginava. Pensei que faríamos muito dinheiro e depois eu viria chamar o resto de minha família, ou pelo menos ajudar minha mãe, meu pai, minha mulher e meus filhos. Eles ficaram na vila secreta e não consigo mais falar com eles. O menor já deve ter sete anos. A menina é adulta. Mamãe adoeceu e não sei o que se passou. Rezo todos os dias. As cartas não chegam, existem lugares muito isolados, não há luz nem telefone. As pessoas precisam economizar até para comprar um balde. Se alguém morre, entregamos a Deus, que está em toda parte.

Por isso, não posso dizer a eles como vivo. E se pudesse, não sei se contaria a verdade.

Meu pai ficaria muito triste. Quase ninguém que está nessa situação escolheu passar os dias vendendo drogas. Aqui não podemos fazer o que queremos. Trabalhamos para quem nos ajudou. Os chefes repassam os produtos, nós os vendemos e devolvemos todo o dinheiro e aí eles repartem os lucros e sobra muito pouco para os vendedores. Vivo longe com mais vinte colegas num piso. À noite, sonho com o barulho do mato. Penso que estou de volta e fico muito preocupado. Tento rezar.

Os jovens que acabaram de cruzar o Mediterrâneo ainda falam de um futuro. Acham que vão fazer muito dinheiro e digo que já somos muitos, que não querem saber de nós, que agora chegaram outros que nem se misturam conosco, porque dentre todos a nossa mão de obra é a que vale menos. Um ano nosso é um mês de salário dos outros, e o pouco que chega é muito para nós, porque de onde viemos não há nada disso.

Tive dor de dentes uma vez e me acompanharam até um hospital. Conheci um doutor que me disse que eu não deveria me envergonhar pelo que somos, que vivemos num mundo de exilados. Falou que os mexicanos foram para os Estados Unidos e que os bolivianos foram para a Argentina, que os haitianos vão para a América do Sul, que os birmaneses vão para a Tailândia, os afegãos, os iraquianos, os somalis, os congoleses têm migrado e vivido como nós. Os grandes homens migraram e também os pequenos. Todos temos o direito de migrar. Mas para quem eu vou reclamar se me tratam como me tratam? Um homem como eu é igual a qualquer homem. Meu amigo, o doutor, diz que juntos podemos fazer muito mais, quc o poder está na união. Mas eu não sei de nada. Não estudei. Veja as minhas mãos, tenho vergonha de mostrá-las, mas veja você. Quebrei este dedo na balsa. Ele nunca mais voltou ao que era. Minha pele é curtida. É couro, de tanta ferida; já não sinto nada, senhor. Não estou exagerando. Dizem que somos invasores, que exageramos os nossos sofrimentos. Quem diz isso não sabe como é a nossa vida e por que somos obrigados a viajar. Não sabe o que é passar a noite num barco com mais cento e dez companheiros para chegar ao continente e atracar numa terra onde somos marcados pela cor da pele. Minha pele negra é uma estampa de condenado. Sou humilhado desde os quinze anos. O que sobrou disso? Pergunto-me: o que sobrou de mim? Não estou aqui porque sim, porque quero. Se alguém um dia me perguntasse o que quero, diria que eu quero estar na aldeia que destruíram. Vieram com metralhadoras para acabar com a nossa aldeia. Armas grandes, maiores que os homens que as carregavam. Alguém vendeu essas metralhadoras para as milícias, porque de onde venho não fabricam. Se me disserem que não tenho direito a estar sentado, vou entender. Se me disserem que devo descer do ônibus quando faço uma viagem, vou aceitar. Não sei que direito é o meu e que direito não é o meu. São os outros que sabem os nossos direitos. Por que não posso eu mesmo dizer quais são meus direitos? Não sou um doutor, um policial. As pessoas têm coisas que não tenho. Como é que alguém pode comprar um apartamento nesta cidade? Eu teria de trabalhar uma vida toda para conseguir um lugar que fosse meu, onde pudesse trazer a minha família, como o que tínhamos na aldeia. Não poderia comer nem dormir, uma vida inteira para ter onde cair morto.

Como é isso para você? Como funciona isso? Não sei. Sou igual aos outros. Queria ser diferente. Queria ter uma namorada, queria ter um documento além deste papel velho que não serve de nada. Queria poder trazer a minha família e dar uma vida digna para minha esposa e meus filhos, que agora estão escondidos como criminosos. Meu filho e minha filha, que crime cometeram? Que crime cometeu o meu professor, a minha avó? Converso com você e me lembro de coisas muito tristes. Não quero saber disso. Vamos ao que interessa ao senhor.

Brômios esteve em Görlitzer Park fazendo muitas perguntas, querendo saber de tudo e conhecer todo mundo. Tinha o rosto machucado e os olhos de um cão faminto. Parecia perdido, um jovem perdido fazendo perguntas sem cuidado a todos os vendedores do parque. E perguntava: "Herstelle, você conhece? Herstelle? Herstelle?". Para ele, Herstelle era um traficante daqui e queria falar com ele. Chegou até mim, perguntou, insistiu, não ouviu o que respondi, agradeceu e saiu até o outro colega. Quatro horas depois, o jovem volta e se aproxima. Ele se apresenta. Parece bêbado ou chapado. Faz as mesmas perguntas: "Herstelle. Você conhece?", quer saber. Digo que não sei quem é, e ele diz que é um traficante muito importante, mais velho, talvez uns cinquenta ou sessenta anos, Herstelle. Eu devo conhecer, ele diz. "Eu pago por esta informação. Ajude-me a encontrá-lo e vou retribuir muito bem. Tenho muita coisa a acertar com Herstelle."

Digo que não sei e ele continua fixando os olhos em mim como se quisesse brigar. Não acredita em mim. Sabe que escondemos muitas coisas e está disposto a quebrar a nossa resistência. Eu aviso que não me incomode, que saia de minha frente, que isso vai acabar mal. Se você está procurando o dia todo e não encontrou esse tal de Herstelle é porque ele não está aqui, ninguém sabe dele, ninguém quer falar disso. Saia daqui, vá descansar. O jovem se aproxima, abaixa a cabeça como se fosse ouvir um segredo. Se afasta de novo. Tem o rosto duro como a estátua de um rio. Quer lançar malefícios em mim. Não se contenta e parece que vai blasfemar. Tenho medo porque não sei quem é o homem. Mas sinto pena, também, e me afasto, como todos os outros.

Logo os vendedores começam a perturbar-se. Brômios está incomodando mais gente do que conhece. Não entende que ali você pode conversar um pouco, comprar e até encontrar os amigos. Mas existem regras, regras que não estão escritas, mas que sabemos. Quem se aproxima de nós tem um pouco de medo, porque somos negros e estamos cometendo algo ilegal. E por trás de nós existem outras pessoas que cuidam disso tudo. Brômios voltou no dia seguinte, e no terceiro dia chegou bêbado já às duas ou três da tarde. Estava sujo, cheirava muito e seguia fazendo as mesmas perguntas. Quando voltou a falar comigo eu não respondi. Disseram que ele tinha de ir embora. "Saia daqui, menino, ou vai sobrar para você.

Isso não acaba bem. Fique quieto. Vá descansar. Você não quer problemas." Mesmo assim, o jovem continuou perguntando. Por volta das dez da noite, alguém ofereceu para ele um copo de cerveja, e puseram alguma coisa no copo de cerveja. Eu o vi atrás de um arbusto onde guardam as mochilas. Puseram-no ali para decidirem o que fazer com ele. Todo mundo conversava. Cheguei a escutar algo como "Vamos acabar com ele", ou, "Ele vai nos causar problemas". Os líderes se reuniram perto da fonte quebrada. Não sou um dos chefes e não posso participar da conversa. Mas logo fico sabendo que querem mesmo acabar com ele, deixá-lo longe. "Dar um sumiço", repete Loic, um amigo meu. Ele concorda com os chefes. Eu não concordo. Não saí de onde vim para ver esse tipo de coisas. Digam o que disserem, e podem mesmo fazer intimidações, mas não vou mudar de ideia. "Dar um sumiço", repete o Loic, quase divertido, e se adianta para dizer que quer ajudar a dar um sumiço. E pergunto a ele como é possível fazer isso nessa cidade. Qualquer tropeço e seremos deportados. Vocês querem matar alguém que não conhecem? Por que esse Brômios vai morrer?

É então que chega outro amigo e diz que é isso mesmo, que o Brômios está mexendo com quem não quer ser incomodado. Foi neste momento que percebi que Herstelle existia mesmo e que devia ser um homem bastante poderoso, e que os vendedores da praça tinham muito medo do que poderia acontecer. Queriam se livrar de Brômios porque não sabiam o que fazer. Ninguém tinha falado em Herstelle, disse a Loic, como íamos saber? E alguém disse que o homem era muito poderoso, que tinha o poder de trazer e de levar. E que devíamos muito a ele.

Um dos chefes veio falar conosco. "Precisamos de três homens", disse. "A recompensa é boa. Vamos, vamos." "Para quê?", eu perguntei. "Para passear com Brômios", respondeu o chefe. "Ele passou dos limites. Um jovem desses precisa aprender a se calar, por bem ou por mal." O chefe acendeu o cigarro e apontou para mim. Não quero, senhor. Não quero parte nisso. Me desculpe. "Você é esperto, Kamal. É por isso que precisa ir. Vamos recompensar você. Se não quiser sujar as mãos, não precisa. Mas você vai acompanhá-los." Eu ia reclamar, mas Loic me olhou muito sério. Seria perigoso recusar. Não tenho direitos, eu falei. O chefe apontou para o Loic e em seguida chamou o angolano.

O angolano. Senhor, eu não tenho nada a ver com o angolano. Nunca tive. O homem não veio para fazer o bem, para procurar sua paz por aqui. O angolano é perigoso e nunca me meti com ele. Mas o que o chefe mandou é preciso cumprir. Não temos opção. Mesmo assim, percebi que estava cometendo um grande erro, que deveria ter recusado. O angolano recebeu a missão e foi logo querendo saber os detalhes. Não participei da conversa. Deixei o haxixe com outro amigo, avisei ao chefe e o Loic foi apanhar o carro com as chaves que lhe deram. Enrolaram o

Brômios numa manta, sufocaram ele ali como se fosse um cadáver, como se já estivesse morto. Montaram uma barreira humana até o caminho do carro para que ninguém pudesse reconhecer o homem dentro da manta. Alguns se adiantaram. Eram duas da manhã e logo começaria a amanhecer. Havia pouca gente na rua. Atiraram o homem no porta-malas. Eu fui no banco de trás. Loic ficou no volante, o angolano sentou-se ao lado dele e partirmos. Nos afastamos e o angolano foi ativar o mapa. O Loic não quis: tudo isso fica registrado, desligue isso. O angolano insistiu: "Ninguém sabe o que vamos fazer. E este telefone não tem registro. Relaxe aí", e seguiu escrevendo o destino. Errou quatro vezes. Pude ver apenas que o carro ia para o Sul. Fui o primeiro a dizer que não deveríamos fazer aquilo.

Eu falei: está errado isso que vamos fazer. Uma coisa é vender as coisas que as pessoas queiram comprar. Não temos nada com isso. Outra coisa é matar um homem que não conhecemos. Isso pode acabar conosco. O angolano se virou para mim, ficou me olhando com um sorriso no rosto, mostrou os dentes todos, aquele sorriso de serpente do angolano. E foi dizendo, e decidiu me chamar pelo nome: Kamal, por que você não vai plantar bananeira? Vai começar a encrencar com o que os chefes ordenam? Você quer que a gente se dê mal? Você não entende que somos nós ou ele? Qual é o seu problema? Você escutou uma ordem e precisa cumprir. Está pensando que é rei, que a vida é fácil? A vida para mim nunca foi fácil. Mas parece que o Kamal aqui só gosta de fazer o que quer.

– Está errado isso que estamos fazendo – eu falei.

– E quem disse que está errado? Esse sujeito estava fazendo muitas perguntas. A gente precisava tomar uma atitude.

– E desde quando precisamos obedecer a tudo o que os chefes mandam? Você não tem limites, angolano, você faz tudo o que mandam. Mas e quanto a você, Loic? Será que nascemos para obedecer? Vamos fazer o trabalho sujo que eles deveriam fazer?

O angolano deu as costas. O Loic resolveu falar, e eu podia ver pela fraqueza na voz que estava nervoso. Três negros dentro de um carro? Ninguém é bobo. A polícia vai querer parar e fazer perguntas. Mas o Loic acabou dizendo:

– O angolano tem razão, Kamal. A gente precisa obedecer: azar de termos nascido do lado errado do mundo.

– O que você quer dizer? – eu perguntei. E o Loic contou uma teoria, mais ou menos assim, que éramos atrasados. Que não tivemos a história que a Europa teve. Ele disse:

– Nós não tivemos a história que a Europa teve. A Europa está uns quinhentos anos na nossa frente. Ainda temos muita coisa para aprender. É natural que a gente obedeça e eles comandem. Eles têm muito mais do que nós. Construíram fábricas e escreveram muitos livros. Os europeus sabem o que fazem.

– Isso é uma loucura – eu falei. Mas o Loic continuou:

– Não, não! Me escute. O que você lembra da sua aldeia? Vivíamos no atraso! Trabalhávamos pouco, sempre tínhamos de refazer tudo. Nossos rituais não nos protegeram. As pessoas eram ignorantes. Nós crescemos e não fomos para a escola. Nossos pais não sabiam que era possível aprender a construir tantas coisas. Por isso que na aldeia a vida acabou muito rápido, e destruíram todas as coisas. A Europa teve a sua Idade Média, e a África agora está vivendo a sua Idade Média. Vai durar quinhentos anos. Por isso temos que obedecer.

Eu já nem queria escutar. Aquilo não era para mim. Foi isso que disse:

– Loic, isso não é para mim. Afaste estas palavras de mim. Isso que você diz é um disparate, e como é. A África é pobre porque a Europa é rica. Foi o que disse o meu amigo. Ele é um doutor e trabalha no hospital. É um médico que viajou o mundo todo. Ele falou que precisamos nos unir e fazer o que é direito.

– Você ama o seu doutor, Kamal? – ficou dizendo o angolano, e dançando como um chulo.

– Deixe eu falar, angolano. Fique quieto. Guarde para você as suas infâmias. Não vê que estamos fazendo algo muito sério? O doutor é um amigo. Ele disse que a África foi corrompida pelos brancos. E já sabíamos disso, ou não sabíamos? Eles nos escravizaram e nos venderam. Eles deram armas aos ditadores para que pudessem fazer dinheiro com o que tínhamos.

– Se você odeia tanto os europeus, por que é que veio sugar as riquezas deles como um parasita? – o angolano falou.

Eu respondi:

– Meça as suas palavras. Os parasitas foram eles. E você quer saber, a Alemanha foi o único país que fez bem à África. Eles não ocuparam nenhuma região da África. Os outros países vieram, a Alemanha já não tinha o que ocupar e por isso a Segunda Guerra começou. Hitler foi um bom imperador para a África porque não tocou em nossas terras e ainda enfraqueceu os que nos dominavam.

Foi quando se calaram e enfim tive um pouco de atenção. Até o angolano se espantou. Isso, pensei, quero mais respeito. Não dei liberdades para que fiquem zombando de mim. Sou um homem digno, foi o que pensei, e pensei em mais coisas, mas não muitas porque não houve tempo. O Loic falou:

– O que você está dizendo, Kamal?

– Isso mesmo – respondi. – Digo o que digo. O que seria da África se a Alemanha não tivesse atacado todos os países que nos colonizaram durante séculos? Seguiríamos colônias. Colônias britânicas, colônias francesas, colônias portuguesas. Jamais nos largariam. É por isso que, se pensarmos bem, foi graças ao nazismo, ao fascismo, que acabou com o dinheiro da Europa, que conseguimos a independência. E se não conseguimos ainda a liberdade completa é porque os partidos corruptos ainda caminham de braços dados com as forças estrangeiras.

Os dois estavam muito espantados dentro do carro, que já se afastava da cidade. Continuei.

– Você diz, angolano, somos nós ou eles. Aí você tem razão. Vocês realmente creem que Angola se emancipou pela boa vontade de Portugal? Que o apartheid acabou porque os brancos passaram a amar os negros? Os governantes europeus levam suas guerras aos nossos países para não incomodarem a sua gente. Querem seguir populares, amados pelo seu povo. E é só por isso que podemos vender as nossas mercadorias aqui sem que ninguém diga nada. Se alguém perde, somos nós. E continuamos obedecendo. A paz dos europeus custa o nosso sangue.

– Está bem, Kamal. Você disse tudo o que queria? Nos acusou de submissos, não levou nossa vontade em consideração. Estamos chegando. Proponho que façamos uma votação. Assim, provamos a você como somos democráticos e civilizados. Levantem as mãos aqueles que acham que devemos obedecer aos chefes e não querem sofrer represálias.

O angolano e Loic levantaram as mãos.

– Bem, Kamal, acho que você perdeu. Tem mais alguma coisa a dizer perante isso?

– Não estou de acordo – falei.

– Então fique na sua – disse o Loic. – Deixe o trabalho conosco. Mas não nos atrapalhe.

O automóvel aguardou alguns semáforos vazios e entrou devagar em um parque escuro. Depois, dobrou numa estrada de terra dentro do mato. Avançamos um pouco e diminuímos na floresta fechada. Quando o motor apagou, pude ouvir as respirações pesadas dentro do automóvel. Em seguida, abriram as portas e o porta-malas.

Brômios se movia um pouco dentro da manta. O angolano agarrou a trouxa e a colocou sobre o ombro. O Loic passou a ajudá-lo e quis saber: Para onde o levamos? O angolano: Adiante, há um açude. O Loic: Mas você está certo de onde fica? O angolano respondeu que já conhecia aquelas partes, que já tinha cumprido várias ordenanças. Vamos atirá-lo ali, ele disse. Você, Kamal, fique aqui. Nem pense em sair de onde está.

Avançaram na mata. Em pouco tempo já não ouvia mais os sussurros ou os passos no chão de folhas. Fiquei ali, guardando o automóvel apagado. Os troncos altos não se moviam, muito quietos. Poucos pássaros piavam. Os esquilos dormiam. Não havia animais, ninguém era dono dali. Era uma mata morta perto da cidade.

Vou contar agora o que aconteceu. Não sei quanto tempo esperei. O açude não devia ficar tão perto. Aguardei um pouco, uns dez ou vinte minutos, até que ouvi os disparos. Foram dois tiros, e o eco dos dois tiros passou batendo nos troncos. Um primeiro tiro. Logo um outro tiro. Depois tudo ficou muito quieto de novo. Algo deu errado. Algo deu errado. Minha primeira reação foi sair de perto do automóvel. Por que atiraram? Brômios teria despertado? Teria reagido? Não sei se fiz certo: não conhecia o lugar em que fui levado. Não sei dirigir e, mesmo que soubesse, não abandonaria os outros. Tinha de ir ver o que aconteceu. Mas claro que pensei em fugir. Afinal, eu não tinha nada com aquilo. Se voltasse a Görlitzer Park, iriam perguntar. Algo deu errado. Eu sabia!

Avancei pela mata. O automóvel desapareceu atrás de mim e eu só tinha a noção fraca de onde vieram os estampidos e para onde foram os dois. Comecei a ouvir o rumor da água, mas ainda não via ninguém. A paisagem era plana e tudo continuava muito quieto. Então, não sabia se os olhos estavam cansados ou se reconhecera mesmo uma luz amarela esparramada pela umidade.

Resolvi continuar até o açude. Agachado, quase rastejando, fui me aproximando das pedras. E foi aí que vi o angolano caído com as mãos duras, contraídas, o rosto atravessado pela bala. E, ao lado dele, Loic, agonizando, a camisa xadrez encharcada. Brômios havia desaparecido.

Fui até Loic e perguntei:

– O que aconteceu? O que aconteceu?

Ele nem conseguia falar. A barriga aberta parecia doer muito.

Loic voltou para mim aqueles olhos pavorosos, de quem vê além da gente, para o rosto da morte, de quem percebeu que algo muito diferente aconteceu, um cansaço que nunca existiu e nunca se sentiu em um jovem adulto, forte e sadio, um gosto novo entre os dentes, os olhos que já não respondem aos comandos, agulhados, o frio que vai chegando pelos braços. Tentando inspirar, percebeu de novo onde estava e me ouviu perguntando alguma coisa, e ele queria falar, uma última frase, mas o que dizer, a quem? Se eu jamais vou estar com sua família? Que amava eles? Que deixaria tudo para mulher e filhos? Senti vontade de dizer: acalme-se, Loic. E também: bem que falei, homem. Mas não disse nada, porque, atrás de mim, um grito de mulher me atirou no chão.

Era uma velha muito branca, cabelos e olhos de feiticeira, a espingarda apontada para mim, os dois canos quentes entre minha cabeça e meu peito. Achei que ela fosse atirar e me contraí ao lado de Loic. Eu já tinha visto aquilo no Sudão. As pessoas se protegendo das balas como se fossem pedaços de pau. É uma reação que tive. Nem pensei em nada. Mas a mulher continuou falando:

– Pare aí ou eu disparo!

Respondi qualquer coisa para ficar vivo. Disse não, senhora, não dispare. Mas meu sotaque parecia assustá-la.

– Por favor! – eu disse. – Eu não queria nada disso. Não tomei parte disso! Não tenho nada contra Brômios!

– Eu sabia que um dia pegaria vocês! – ela gritou. – Agora você vai conhecer a sua morte, seu negro sujo!

Nessa hora eu caí no chão e comecei a chorar. E eu me molhei, porque a mulher estava mesmo para atirar em mim, porque tinha muito medo. Caí no chão e implorei a ela, mas também a Deus e ao meu pai e ao meu avô, que não me levassem daqui, que não me matasse. Não sei de nada, senhora, não sei de nada.

– O que pensavam? Que seguiriam impunes? Que continuariam despachando aqui os seus trabalhos?

– Nunca matei ninguém, minha senhora, eu fui contra tudo isso, por favor, misericórdia! – Estava com o rosto sujo e as calças molhadas e chorava, e por isso não queria morrer, porque não era assim que imaginei. Morrer como uma criança, não. Eu pedia.

– Quem é você? Por que queriam matá-lo?

– Meu nome é Kamal, senhora. Sou um refugiado do Sudão. Em meu país, vi muita violência. Por isso vim. Não sou um homem violento.

– Quem mandou vocês, seu verme? – E ela pressionou a espingarda contra a minha cabeça.

– Os chefes nos mandaram, senhora. Se não fizéssemos iam nos punir. Não me mate!

– Pare de implorar e morra como um homem! Morra de olhos abertos!

– Não, não, não, não! Me perdoe, pai!

– Quem mandou vocês aqui? Eu quero um nome.

O que ela queria? Na hora eu não podia dizer, não entendia que resposta ela queria. Pensei que meus filhos jamais veriam o pai, que isso não devia ser uma surpresa. Tentava entender o meu destino e lutava contra ele. Não queria partir daquele jeito. Talvez por isso tenha vindo esta iluminação, estas frases certas de dizer.

– O Brômios estava atrás de alguém e os chefes quiseram dar um sumiço, senhora! É só o que sei. Alguém chamado Herstelle. Eu fiquei no carro porque não sujaria as minhas mãos. Não tomaria parte nisso, senhora. Perdoe!

– Herstelle, você disse. Herstelle?

– Sim, senhora. – Ergui os olhos até ela e ela baixara a guarda um segundo porque parecia pensar.

– Então é mesmo aqui que ele manda a sua corja. Canalhas!

– Não o conheço, senhora. Eu venho de longe, só quis ajudar a minha família. Vivemos em perigo todos os dias. Não quis tomar parte nisso.

A mulher de olhos loucos ergueu a espingarda e acocorou-se para me enxergar de perto. Eu arfava, como se quisesse expurgar a alma de dentro de mim. Aí ela falou mais baixo, contando um segredo.

– E só vieram vocês três, Kamal?

– Sim, senhora. Não há mais ninguém. Eu juro, senhora!

Levantou-se. E com um gesto, ordenou que eu me erguesse do chão.

– Vamos sair daqui. – E, apontou um caminho com a espingarda. Comecei a andar, seguido pela pontaria da mulher e deixando Loic para trás. Estivemos juntos em momentos difíceis. Fui o último a vê-lo. Deixei-o ali, sozinho e descoberto. A velha murmurava qualquer coisa para si. Seria tolice correr. A espingarda continuava apontada. Logo avistei aquela luz amarela de novo, e meus olhos souberam reconhecer uma casa entre as árvores. Um chalé. A velha devia morar ali.

– Entre, entre. E vá se limpar no banheiro. Você está fedendo.

A porta estava entreaberta. Ali dentro, uma sala cheia de mobílias e quadros, uma casa bonita, mesmo. Nem parecia que estávamos na floresta. Alguém tinha acabado de comer. Podia sentir o cheiro forte de carne assada e o calor que vinha da cozinha. Brômios tinha sido arrastado até lá, trazendo pó e terra nos cabelos. Jazia deitado no chão, ainda desacordado.

– Vá se limpar e em seguida cuide de seu amigo, sudanês. Eu já volto – falou, e saiu por uma outra porta, nos fundos da casa.

Brômios respirava. O efeito da droga que deram logo passaria. Eu já podia ver que se movia dentro do sono. Despertaria com dor e um pouco confuso, mas era só.

Levantei-me e fui me lavar num pequeno banheiro. No espelho pequeno sobre a pia, mal pude me reconhecer. Meus cabelos mais brancos e a boca solta e sem dono. Aquele não era um homem. Abri a torneira e com uma toalha de papel esfreguei a calça na altura das pernas. Havia terra nos cabelos, na camisa. Bati a sujeira. Joguei água no rosto suado, voltei a me secar. Depois, voltei para a sala, onde Brômios dormia. A mulher não tinha retornado. Olhei pelo vidro embaçado das janelas e não consegui enxergar nada lá fora.

O peito ainda batia como um tambor. O que queria aquela mulher? Deveria fugir? Aí notei os quadros nas paredes. Lado a lado, várias fotografias de generais com a cruz nazista no peito. Uma família muito pálida fazia pose para a foto ao lado de uma grande construção – um estádio de futebol ou algo assim. Muitas das fotos eram de uma mesma mulher de cabelos quase brancos. A mulher ao lado dos generais. A mulher no estádio de futebol. E a mesma mulher com chapéu e roupa de expedição ao lado das pessoas de uma tribo. Depois, ela ao lado de outra tribo. Os homens de peito nu, as mulheres bonitas e besuntadas. As danças rituais. Reconheci, então, que eram fotos do Kondofão do Sul. A minha terra e suas diferentes tribos. Funga. Tadoro. Yida. Tabala. Angolo. Sobre uma escrivaninha, um grande livro, intitulado "Nuba". Sim, éramos os Nuba. Os nus e os vestidos.

– Minha mãe era linda.

A velha reaparecia sempre como uma assombração.

– Muito bonita esta senhora – respondi. – Você conhece o meu país?

– Só a minha mãe conheceu. As fotos são todas dela, quase todas... É ela esta figura ao lado de toda esta gente. Eu cresci correndo pelos tapetes onde eles marchavam e assinavam decretos. Veja: este é Bert Trautmann. Heinz Rühmann. Max Schmeling. E aqui está Goebbels e Magda, ao lado de mamãe.

A mulher me entregou um copo de água. Agradeci.

– A sua mãe fazia parte do exército?

A velha começou a rir:

– Imagine! Apenas calhou de estar aí. Depois da Guerra, virou fotógrafa e mergulhadora. Eu nasci nessa época, não me lembro de nada. Mas me lembro bem das viagens ao Sudão. Kamal, não fique de pé. Sente-se já!

Obedeci. Jamais estivera dentro de uma casa tão decorada de fotografias e poltronas. Quando a mulher me convidou para sentar, algo em mim adormeceu, pacificou. Ela conhecia o Sudão. Talvez por isso não me matasse. Mas seus olhos de bruxa seguiam muito abertos, e ela às vezes murmurava, como se conversasse com alguma presença. Por isso sei que não deveria confiar tanto. Então fiquei sentado, mas olhando para baixo; sentado, mas também um pouco na ponta dos pés bem presos no chão. A mulher acabara de matar o meu amigo.

– O que vocês iam fazer com este homem, Kamal? – quis saber, como se estivesse ouvindo os meus pensamentos.

– Eles iam matá-lo, senhora.

– E por quê?

– É o que disse, senhora. Brômios veio até nós e começou a fazer muitas perguntas sobre um traficante muito conhecido, um tal de Herstelle. Os chefes ficaram irritados e mandaram matá-lo. Eu fui incumbido, porque sou muito atento, porque talvez eu pense mais que os outros ou queira saber mais que os outros. Mas por isso mesmo eu fui contra, senhora. Não estive com eles e aguardei no carro.

– Você era amigo dessa gente?

– Do Loic, sim. Por que a senhora matou ele?

– E você acha que uma mulher faria outra coisa numa floresta rodeada de criminosos?

– Loic era meu amigo. Sei que fez algo muito errado. Mas ninguém merece morrer assim.

– Muita gente merece morrer. Vocês entraram no parque para matar um homem. E você estava junto deles, era amigo deles.

Nesse momento, Brômios começou a tossir. A mulher levantou-se do sofá, apanhou uma toalha molhada na cozinha, que ficava ali ao lado, e veio colocar na testa dele. Ele começou a gemer. Ela se assustou, voltou para os lados, ergueu-se do carpete onde Brômios estava. Apanhou a espingarda e saiu de novo.

– Miseráveis! – retornou a velha, aos berros. – Seus amigos são uns miseráveis! Quero ver só. Se retornarem, vão levar um tiro!

– Não há mais ninguém. Eu juro, éramos nós três.

A mulher ergueu os braços finos e brancos, que escaparam da longa camisola. Conversava com alguém sobre o que fazer, sobre proteger a casa. Eu via a espingarda e ficava com muito medo. Achei que pudesse me confundir com o angolano, com qualquer um deles. Que não confiasse em mim. Logo vi que tinha razão, porque ela virou-se e perguntou com os olhos vidrados de susto:

– Quem é você, rapaz?

– Eu me chamo Kamal, senhora. Venho do Sudão. Da terra que sua mãe visitou.

– Verdade! – respondeu, encostando a espingarda no braço do sofá. – E como você disse que se chama este homem, deitado?

– Brômios é como o chamavam. Ele mexeu com gente poderosa. Mas eu não sou poderoso. Apenas quero sobreviver.

– Ora, seu negro. Não me amole. – Depois, virou-se para Brômios. Agachou-se sobre ele, aproximou-se muito dele, como quem vai lançar um feitiço. Aproximou o rosto enrugado e voltou a falar, agora mais baixo. – E como é mesmo o nome desse que Brômios buscava?

Sem demora e ainda tomado pelo medo, falei:

– Herstelle.

– Herstelle? O famigerado Herstelle?

– Não o conheço, senhora.

– Pois eu o conheço. Herstelle. Com um nome desses só há um. Estava aqui esperando por ele. Mas é claro que ele sempre manda outros para defecarem por ele.

– A senhora conhece esse homem?

– Pois foi ele que mandou me matar, Kamal. E eu venho aqui desde então. Eu ocupei este lugar. Fico alerta. Não durmo a noite toda. Esperava por este dia. Esperava por vocês.

Os dedos enrugados tocaram a testa de Brômios, seu corpo meio de dentro, meio de fora da manta suja onde o enrolaram. A velha reconversou:

– Já falei de mamãe? Ela conviveu com os nazistas e foi uma das convidadas ilustres dos grandes jogos olímpicos de 1936. Sabe do que estou falando?

– Não, senhora.

– Você deve saber. A cada quatro anos, um país fica encarregado de sediar as Olimpíadas. A de 1936 foi em Berlim. Para os jogos, construíram uma Vila Olímpica, onde se hospedavam e treinavam as delegações de todas as nações do mundo. Uma pequena cidade a alguns quilômetros da capital, com piscinas, quadras, quartos espaçosos, um parque, um enorme refeitório. E os grandes atletas de todas as nações vieram para prestar homenagem à promessa germânica.

– Sim, senhora. – Não sabia por que ela começava a falar disso.

– Como é mesmo o seu nome, rapaz?

– Kamal.

– Kamal, você precisava ter visto. Eu era apenas um bebê, mas falavam disso depois, muito em sigilo, porque todos eram nazistas e ninguém queria admitir, porque perdemos a Guerra, porque fomos os genocidas, porque sonhamos e nosso sonho era maior do que todos.

De cabeça baixa, ajoelhada ao lado de Brômios, já não podia ver a sua cara, coberta pelos cabelos longos e cinzentos. De dentro de seu rosto cadavérico, a voz rouca da mulher continuou, falando comigo ou talvez com outra pessoa, talvez com Brômios, porque aquela verdade era grande demais para ouvir acordado.

– Houve uma vez, certo dia nos anos oitenta. Não sei se movida pela nostalgia ou algum outro projeto daqueles que nunca vingaram, mamãe quis retornar à Vila Olímpica. Eu a levei num fim de tarde. Ela se lembrava do caminho, mas até certo ponto. Logo nos perdemos, e, quando voltou a reconhecer onde estávamos, a noite já havia coalhado a luz do dia. Chegamos à Vila Olímpica por uma brecha numa sebe descuidada. As duas, mãe e filha, as aventureiras. A surpresa foi ver a desolação que deixaram na Vila. Nenhuma preocupação em conservarem a data histórica. Aqui acontece: nosso passado é difícil de manter. E apodrece, e as piscinas azuis acumulam o charco das chuvas. A Vila Olímpica estava abandonada. Julgávamos que estava abandonada. Está me ouvindo, rapaz?

– Continue, senhora – eu pedi.

– Quando íamos nos afastar dos edifícios, mamãe julgou reconhecer luzes muito suaves no andar superior de um dos blocos residenciais. Me assustei e disse que devíamos ir embora. Mas mamãe era essa mulher impávida, dona do mundo e de tudo sobre o que pisava. Ela insistiu: vamos! Quem viverá hoje nos dormitórios dos atletas? Considerei que mamãe guardasse saudade de alguma história não revelada. Um amante entre os esportistas, talvez.

Pois fomos. Entramos pelos portões entreabertos, pisando em cacos, sentindo o cheiro de urina forte e pressentindo o rebuliço dos ratos que abriam caminho. Subimos os degraus de azulejo, muito quietas. Lá em cima, vi algo que preferia não ter visto. Está me ouvindo, Kamal?

Eu a escutava, sim. E disse que sim, que eu a escutava, sim senhora. Mas lamentei que Brômios não estivesse escutando tudo aquilo. A enorme camisola quase o cobria sobre a manta curtida. A feiticeira continuou.

– Em cada quarto imundo havia um colchão muito fino, sem lençóis, fétido, e cada cômodo era iluminado por uma vela. Sobre cada colchão, uma mulher esquálida, mergulhada em pesadelos, em delírios, não sabíamos. Nos braços as marcas roxas de agulhas. Fezes e urina se acumulavam. Injeções vazias, agulhas enferrujadas, isqueiros, fitas de borrachas, coelhos e ursos de pelúcia, revistas antigas e amassadas. Mamãe ficou apavorada, mas, com a mão presa ao meu braço, acabou entrando em um desses covis. Um fantasma prostrado, uma mulher que parecia ter sido muito bonita mas que agora era uma sombra de existência. Com a voz muito baixa, a mulher agonizava. Queria que mandássemos chamar um homem. Herstelle era o seu nome.

Ao som desse nome, Brômios tossiu. Abriu um pouco os olhos e voltou a fechar. A feiticeira, acariciando seu cabelo, continuou:

– Herstelle era o homem que as alimentava. Herstelle levava a droga que tomavam. Herstelle vinha cobrar o preço sobre o corpo esquelético das mulheres. Aquele, Kamal, era o harém de Herstelle. O prostíbulo de um único homem. Um homem poderoso, perverso, que enchera a Vila Olímpica de escravas e se fartava com elas e que devia sentir prazer com aquilo.

A velha pousou a cabeça sobre o peito de Brômios, os dedos enrugados sobre ele.

– Fugimos dali, muito assustadas. Quando saímos, a noite tinha desabado. E pudemos ver que as luzes das velas bruxuleavam de outros edifícios. E já não sabíamos dizer quantas mulheres viviam ali, a serviço desse homem, dos homens deste homem. Eu nunca me esqueci deste nome, Kamal. Mamãe faleceu alguns meses depois. E eu nunca tirei isso da cabeça. Fiquei pensando no que fazer. Até que decidi voltar para a Vila Olímpica. Não chamei as autoridades. A polícia está sempre envolvida com os traficantes. O que fariam de útil? Fui eu, sozinha. Recordava o caminho, recordava os olhos mendicantes da mulher. Recordava o modo como mamãe saiu perturbada, aquela noite, porque vira algo que nem os seus pesadelos anunciaram. Por isso voltei. Voltei e, não deu um minuto, me apanharam. Três homens. Mas não eram negros como vocês. Eram brancos e cheiravam a cigarro barato. Me agarraram e me trouxeram para cá. Para esta floresta. Iam me matar naquele mesmo açude. A correnteza é forte. Eles te envenenam, injetam essas porcarias que vocês vendem por aí e te fazem passar por uma suicida. Mas eu tinha uma pistola na perna. Sou excelente atiradora. Mamãe me fazia treinar desde criança. Uma mulher indefesa, pensaram. Estourei os miolos deles. Depois, encontrei este chalé, que estava abandonado. Vivo na cidade. Mas às vezes venho, porque queria encontrar esse homem. Esta espingarda está pronta para esse homem.

A mulher ia dizendo isso tudo antes de Brômios despertar. Passava os dedos pelos cabelos dele e falava para si mesma. A raiva pareceu desaparecer. Veio outro sentimento, não sei qual. Ela ficou em silêncio. Abaixou a cabeça e respirou com dificuldade. A mortalha de fios brancos cobria a máscara de seu rosto. Depois, ergueu-se de novo. Levou um susto ao me ver, acalmando em seguida.

– Como você disse que se chama, rapaz?

AGAV
AGAVE
A
AGAV
AGAVE
GAVE
AGAVE
AGA
GAVE
AGAVE

EU OUVIA FALAR daqueles combatentes torturados depois da captura, aquelas mulheres e homens que, apesar de todo sofrimento, das perdas, do medo, ainda assim falavam da ditadura como um tempo cheio de vida e de descobertas, que mencionavam o cárcere como um lugar terrível e suicida, mas também de aprendizado e de comunidade entre os companheiros de luta. O que poderia ser tão raro e excitante no risco, no limite, na ameaça, na acumulação de nomes numa lista de vidas suprimidas em idade prematura?

Também ficamos sabendo dos que saltam de um avião, da adrenalina dos skatistas quando se atiram do terceiro piso de um sobrado, da vertigem dos praticantes de parkour ao aterrissarem em cambalhotas no terraço de um edifício mais baixo, ou dos pixadores e grafiteiros dependurados de ponta-cabeça no trigésimo andar de um edifício residencial. Ficamos sabendo das noites insones dos paramédicos, da paixão de um ofício que convive noite a noite com as vísceras e o asfalto, e contudo sabemos da excitação com que recebem uma chamada, da disposição em viver como sonâmbulos úteis; e ainda sabemos daqueles que deixam a casa, os amigos, a família, e partem para uma viagem ao redor do mundo com apenas algumas economias, um par de mudas, e não se importam em ficar com muito pouco durante muito tempo, entregues ao frio e à intempérie na esperança da aventura, e ainda que não tenham um puto nos bolsos, que não possam usufruir da maior parte das atrações turísticas de uma nova cidade, que tenham de contar moedinhas para comer e trabalhar em empregos mal pagos, ocasionais e subalternos, essa gente abraça a falta como a um excesso, o perigo como a uma herança, a exaustão como a um vigor parturiente. Talvez resida aí o tesão dos artistas da performance, como aquele taiwanês que na década de setenta passou um ano batendo ponto em um relógio na parede de seu quarto, e fotografando a si mesmo de hora em hora, vinte e quatro quadros por dia durante trezentos e sessenta e cinco dias; e que depois passou mais um ano amarrado a uma mulher, e depois um ano apenas em lugares externos, e se propôs a não entrar em casas, lojas, automóveis, com exceção talvez de um toldo aqui e ali, a viver pelo livre e misterioso despojamento de um mendigo, um Francisco de Assis, um Bashô, um Cassidy, um Guevara; e, a bem da verdade, esse ímpeto talvez não seja tão diferente dos esforços continuados, do sacrifício da vida por uma causa, e por todo prazer que nasce de padeceres cotidianos, como no caso dos maratonistas que despertam cedo todas as manhãs, e muitas vezes fragilizam o corpo para fortalecê-lo, e do êxtase que relatam com a privação, a fadiga absoluta, a insistência em nome de algo sem nome, de um legado com milhões de passos e nenhum rastro. E, ainda, a pulsão dos cidadãos responsáveis, que não são pixadores, performáticos, viajantes, maratonistas, paramédicos, guerrilheiros, parkouristas, e ainda assim se dispõem a uma existência repetitiva, tediosa e sem sentido em virtude da estabilidade, da segurança, das obrigações financeiras, dessa gente que vive na escassez espiritual porque, em algum estrato da perturbada alma humana, a pobreza produza um prazer, essa gente que é pai ou filha de todos os mártires do Velho Testamento, filhos de todos os que se abstêm da vida em nome da perpetuação da vida, o que seria diametralmente oposto àqueles que acabam morrendo de tanto que viveram, músicos e poetas que partem cedo, pela falta de cuidado de seus produtores musicais, ou pela união simbiótica dos viciados em heroína, que brilharam como a má consciência dos outros artistas, os que perduraram e que se abstiveram do gozo supremo, do apogeu da juventude, da eternidade da inocência, para continuarem praticando a arte, por desenvolverem a técnica de aproximar-se das chamas sem se queimar. O cerne desta que é a maior pergunta humana, aquela que empurra os homens para baixo ou para cima, talvez habite o momento de atravessar o umbral entre luz e sombra. Melhor dizendo: a vagina o umbral entre o filho e o feto, a forma e a fagulha, a comunhão entre dor lancinante e êxtase maior; na largada esse embaralhamento das cartas, tanto para a mãe quanto para o filho, a mãe que chora de alegria enquanto o filho abre a arcada desdentada para oxigenar-se, verte lágrimas porque é nelas que nasce sua primeira expressão, e o pranto conjugado, como numa orquestra, é a música mais audível que o bebê já ouviu, e seguimos assim, de algum modo, cada qual com o seu jeito de parir para dentro ou para fora, de dilatar a irrupção ou de provocá-la ou adiá-la. Eu não entendia isso e continuo sem entender, porque talvez ninguém possa entender a potência vital da morte, a paixão dos momentos trágicos, esse falso distanciamento – porque sim, senhor, não é um distanciamento real. Você sabe do que estamos falando? Estamos falando da noite dos alucinados, do fechamento do Banana Bunker, do encontro entre El Greco e seu pai e de uma centena de mortos, e estamos falando de minha presença como uma das únicas que sobreviveram ao bacanal lisérgico e fatal, que testemunharam a confluência entre águas doces e salgadas do anseio humano. Alguém poderá me prender por isso, mas eu digo o que vivi, e o que digo é que aquela noite foi uma das mais bonitas que esse deus bipolar já criou, uma obra digna de um pintor renascentista, um Frank Gehry, um Black Star, um Station to Station.

Não vim a Berlim apenas pelos clubes. Claro, é preciso dizer que sabia que Berlim é a cidade das baladas que se prolongam, da música eletrônica em seus muitos calibres, e estaria mentindo se dissesse que isso não me atraía, digo, a possibilidade de esquecer-me, de voltar a dançar a noite toda, de estar presente como devemos ao menos mais uma vez antes de partir para sempre. Acho que passei da idade de virar uma drogadicta de qualquer outra coisa que não seja café, cigarros ou álcool, ainda que álcool só aos quarenta ou cinquenta, porque a bebida leva tempo para mostrar a cara de um vício, é só quando estamos mais cansados, e você vê a pessoa querendo ficar sozinha para beber em paz, e bebe todas as noites, e as noites se tornam tristes e seu olhar se torna triste e solitário, e as bolsas de suas olheiras incham de tristeza; e é só aí que alguém pode olhar para você e dizer: esta mulher depende de seu uísque como um cupim da madeira ou a artrose dos ossos. Digo porque minha mãe pode ser reproduzida nesses termos, uma mulher que foi muito bonita e poderosa e se entregou ao que supostamente deveria ajudá-la, ou anestesiá-la para que seguisse mais suave pelo tobogã farpado dos dias. É certo que a mulher não teve uma vida fácil, eu te digo isso, a maior parte das vidas neste planeta não é fácil. E a minha mãe nunca saiu deste planeta.

Não vim pelas baladas ou ao menos não apenas pelas baladas, e também não vim pela música eletrônica, pelas experimentações que fazem com os sintetizadores e aplicativos. Como noutro dia, em Alexanderplatz, debaixo do relógio, uma italiana *guapisima* de cabelos verdes que cantava como a Enya nos anos noventa, gravava a sua própria voz, criava uma reverberação, depois cantava em cima da primeira voz e ia compondo camadas de vozes que se harmonizavam ou – o que acontecia bastante – não se harmonizavam. E eu que vinha da praça da prefeitura, que aqui eles chamam de comissariado, eu topava com aquilo e pensava: puxa, que interessante. Mas o efeito não era agradável, propriamente, e fiquei pensando, esse povo adora a América Latina porque aqui eles não têm a menor noção de ritmo, e a música daqui se desprende de tudo o que conhecemos e se atira no vácuo, à deriva, sem orbitações, não dialoga com nada, fica espiralando no vazio, e é por isso que criam o eletrônico, porque tentam mimetizar a circularidade tribal sem qualquer noção ritual ou contato íntimo com a dimensão selvagem ou com a comunidade primitiva. É antes uma anticomunidade que evoca a potência ritual das batidas que entram na cabeça, que te fazem desaparecer ao lado do corpo, e te unem ao outro pelo ritmo – isso é africano, pensei, isso é latinoamericano, o que a civilização ilustrada recusou, quis superar e agora resgata como ritmo eletrônico, produzindo algo que só funciona com efeito de um caramelo ou uma guloseima qualquer.

Mesmo assim, eu vim para encontrar esse ambiente de desamparo criativo, o playground hi-tech dos galpões e das linguagens de programação, a obstinação alemã, a filosofia alemã, o cinema alemão, a tecnologia alemã, a disciplina alemã, a pintura alemã, a civilização alemã, a cerveja alemã e o anjo da história alemão, e vim especialmente por algo que não sabia identificar cem por cento. Vim para fazer um ano sabático, para ver um monte de coisas, porque pedi demissão de um trabalho numa agência e estava cansada daquele clima, não poderia aceitar que a vida fosse aquilo. Mas também tinha de cuidar de minha mãe e isso era o mais difícil. Sempre fui assombrada por esses grilhões invisíveis, sempre tive medo do que aconteceria se a deixasse, o que é uma maneira bastante cruel de ver as coisas. É uma situação de merda, se posso ser franca, porque você acaba meio que esperando que a pessoa morra para que você enfim possa viver, livre e saltitante, fazendo as maiores merdas que a sua imaginação possa conceber. Você sabe que deixa de viver a sua vida pelo outro, mas justamente isso acaba criando um pacto, um pacto mefistofélico às avessas, *cuales sean*, não faça o que deseja e eu prometo que também vou ser bastante infeliz. Prometa que viverá em culpa e miséria e eu viverei com você nessa miséria. E aí o que acontece? Você passa a odiar a quem mais ama, à pessoa por quem daria a vida (por quem já a está sacrificando), e sente dia a dia que o tempo escoa feito uma animação em *looping*, gastando o que tem de mais precioso, desperdiçando a chance de viver as coisas mais lindas do mundo, de conhecer o amor da sua vida, porque o amor da sua vida está te esperando no lugar em que você gostaria de estar, no lugar em que você gostaria de ser. Esta sempre foi a minha teoria, sabe? Não existe um aplicativo que encontre suas almas gêmeas espalhadas pelo mundo, ainda não inventaram um programa que combine seus gostos e suas manias às manias e gostos dos outros, um aplicativo que perguntasse se você costuma sentir mais frio ou mais calor, se gosta de perder tempo em feiras de pulgas ou se prefere paquerar novos *gadgets* em lojas de departamento, um aplicativo que queira saber se está disposta a viver em outro país caso encontre alguém terno e doce, alguém que goste de poesia marginal e que não sinta sono em luais de praia. Seria lindo descobrir alguém que saiba regar plantas se você ama plantas mas não carrega um instinto materno floral. Seria lindo encontrar alguém ordenado para combinar com a sua desordem, um aplicativo que te ajudasse a superar os pesos das relações anteriores. Então veríamos vários pontinhos vermelhos na tela do celular, espalhados pelo mundo: uma indiana, um marroquino, um yankee, uma chinesa, uma multidão de almas gêmeas à procura (ou sem procurar, o que seria ainda melhor). Um algoritmo das almas, que não se restringisse ao parlamento de gostos. Falei de gostos, mas ao fim e ao cabo que nos importam os gostos? São outras coisas que não entendemos, o modo de caminhar, a cadência da fala, o humor, se eu sou mais pensativa que você, se eu gosto de dar as mãos, se ao caminhar os nossos dedos ficam cômodos quando enlaçados, palma a palma, ou se cada um vai andando de um lado e tudo bem. Não existe um aplicativo dessa espécie, e, enquanto isso, qual a melhor maneira de achar uma de suas almas gêmeas do que ir até onde você deseja ir, ou a um dos lugares, ou fazendo uma das coisas de que mais gosta, ainda que esse lugar seja um sítio incerto, vago, misterioso como Berlim?

No dia em que cheguei a esta cidade, não tinha sequer um lugar para ficar, quanto menos uma alma gêmea em vista. Passava por Budapeste e todos me disseram que, sendo verão, deveria antecipar-me. E por isso mesmo lancei uma pergunta aos amigos na rede, "Alguém que viva em Berlim, ou um amigo de um amigo que possa me dizer de um lugar para ficar na cidade?". Isso foi duas semanas antes da chegada, veja como sou precavida. E mesmo sem uma confirmação, comprei o bilhete de ônibus, um longo percurso onde tivemos de descer um par de vezes para verificar passaportes e carimbos (carimbos!). Fazia frio na estrada. Assistia-se à conversa enigmática entre motorista e oficiais, e encrencavam com alguém, sempre, é a função deles. Mas não quero transformar isso numa longa jornada. Às cinco da tarde chegava à cidade; nas últimas horas, decidiu-se que a amiga de uma amiga supostamente me acolheria por algumas noites. Ela sugeriu que nos encontrássemos na estação de Friedrichstraße. Chovia. Diante da estação, vi a primeira obra de arte alemã, a estátua de bronze de meninos judeus escorrida pela água da chuva, os meninos congelados entre o trem da vida e o trem da morte. Depois, mochila nas costas, fui aguardar num café debaixo dos trilhos, aberto aos estudantes da universidade do outro lado da rua, a Humboldt Universität. Pedi um chai latte e uma tortinha de limão. Em pouco tempo, Mio abria a porta transparente à minha procura. Nos demos muito bem. Mio me mostrou a cidade. Depois me contou que tinha acabado de romper com um namorado, e isto criava uma pequena fresta por onde brotava sua disposição generosa, a abertura afetiva para receber uma desconhecida. Ela própria se hospedava por uns tempos na casa de amigos que viajavam, que nunca vim a conhecer. Convidou-me para ficar com ela.

Do café, fomos comer num restaurante vietnamita. Pedi uma sopa com capim-limão, ela um curry vermelho com camarões. Mio me falou que escrevia uma tese na Freie Universitat, e, apesar de todas as dificuldades, virava-se para traçar relações entre texto e imagem de revistas impressionistas alemãs do início do século passado. Imagine se uma designer não vai se encantar com isso. Conversamos e nos conhecemos um pouco. Depois, pedimos a conta, pagamos e seguimos para o apê. Eu seguia encantada, já não bastava muito para ficar encantada. Tudo era novo e quando tudo é novo, ficamos naquela atenção flutuante da qual os psicanalistas tanto falam, uma disposição concentrada onde tudo nos chama e quase nada fica registrado. Descemos em Haselhorst e, no ponto de ônibus em Spandau, a Mio abraçou o corpo, alongou-se para o lado, distraída, e fez um comentário. Já era noite e ela disse "veja quantos coelhos". Voltei-me para a grama verde, imóvel, um tapete plácido. Já estava escuro. Você não vê?, ela repetiu. Eu não via nada. Deu dois segundos, ela saiu correndo pelo gramado, e foi quando aconteceu: passei a ver os coelhos, uma multidão deles, saltitando, afastando-se das pernas leves de Mio, mergulhando em buraquinhos no chão, alongando as patas divertidas em diagonal, como eu de fato imaginava que faziam os coelhos, porque de coelhos eu não sabia nada, jamais havia dedicado um pensamento muito sério, ou muito longo, ou testemunhara um coelho fugir de um predador. Na televisão, quem sabe, e quem sabe onde guardamos essas memórias, esses registros mínimos. Conto tudo isso porque no Banana Bunker voltei a ver estes coelhos, entre as pessoas na pista de dança, ao pousar a cabeça numa parede negra, entre uma escada que subia e outra que descia, pouco depois de beijar uma garota de lábios frios e pescoço fino, um queixo de Náiade e um olhar de sal. Foi um momento lindo, e, como que flutuando para enaltecer o beijo, vi os coelhos feito pontuações, pequenas exclamações na realidade, como uma risada em soquinhos, e a pontuação não era vertical, mas horizontal, no texto, e o texto era o próprio tempo onde eu podia ir e voltar, não de modo totalmente livre, ainda que bastante desobstruído daqueles lugares onde o fincamos.

Mio apareceu na noite do Banana Bunker. Não em qualquer noite: na última noite. Ela corria atrás dos coelhos, disparando a exclamação do mundo, eu dividida entre ir atrás dela ou ficar onde estava, no papel de espectadora de um teatro pessoal, e à medida que se afastava, o luto de Mio era mais e mais o meu próprio luto, o verão se afastava com os coelhos que iam se dissipando e deixando comigo aquela grave e pesada imobilidade culpada. Não, não era uma culpa, mas um pressentimento de que havia deixado de cumprir com alguma tarefa importante. Caminhei até a Mio e já estava diante de minha mãe, pode acreditar? A Mio já não era a japonesinha séria, triste e leve que conhecera – dos cabelos lisos e negros brotaram cabelos crespos, tingidos de dourado intenso 9/33, a pele lisa, clara, com manchas antes imperceptíveis, porque minha mãe, apesar do quanto se maltratou, ainda é bonita, eu a acho bonita. E agora estava lá a minha mãe, e o pior de tudo é que não me surpreendia com a presença solitária de minha mãe no Banana Bunker, e eu representasse o papel de uma fantasma incapaz de estabelecer contato. A luz da televisão desligada, a alça da xícara de chá verde ou erva-cidreira no punho direito, como a um timão sólido diante do oceano. Sabe o que vi? Que ela não estava triste. Ela pensava de verdade, uma vez que enfim se encontrava sozinha e teria de reivindicar todas as queixas e lamúrias com os quais construíra o seu sustento, e teria de refletir sobre elas, teria de cortar os cabelos da amargura ou deixá-los crescer de uma vez. Eu dera motivos, enfim, para o seu jardim de ressentimentos: afinal, eu a tinha abandonado como o meu pai fizera. E por saber que estava livre da culpa, eu podia amá-la de novo e dizer: olhe só, agora vejo como isso é problema dela. Então, abria a janela e saía em Alexanderplatz. Os bondinhos amarelos passavam devagar. Quando um homem cruzava-lhes o caminho, apitavam, triiim-triiim. A torre da rádio pendia sobre os turistas e operários. Um velho cego se recusava a deixar-se conduzir pela mulher (ou irmã), uma senhora também muito velha e obesa. O velho, indignado, gritava e armava a sua bengala, recusando-se a caminhar. Corvos, pombos e andorinhas lutavam entre as bitucas pelos resquícios das pommes frites, homens e mulheres mendigavam ou reviravam as lixeiras à procura de garrafas; sentados na bancada do U-Bahn, adolescentes conversavam sobre sei lá o quê, porque não os entendia, e de algum modo uma italiana bonita conseguia me dizer que o meu sotaque soava a uma voz resignada. Persignada? Resignada. Abnegada? Resignada. E sem mais, submergia de novo em seu telefone de bolso, recusando as rosas que uma moça grávida tentava vender sem muita convicção. O velho enfim desmontava a bengala e seguia com a mulher de braços dados.

São os delírios da festa, eu sei. Continuo bem provida de minhas sãs consciências, continuo me chamando Agave Peña, sobrenome de meu pai desaparecido e nome de inspiração materna, uma planta americana de flores e espinhos, muito comuns no planalto mexicano, meio cacto, meio néctar. Não estou louca. Sei diferenciar festa sempiterna e mundo datado. Sei dizer o que é o Banana Bunker e o que não é.

A história é impressionante, você deve conhecer. O atual clube foi erguido pelos nazistas em 1941, inspirado numa Villa Italiana, assim que começaram os bombardeios ingleses, ou estavam por começar, que já não sei desses pormenores, mas o que sei é que os nazis pensaram em projetar construções imponentes que sobrevivessem à Guerra e se tornassem troféus memoriais da futura Germânia. Depois da Guerra o edifício ficou abandonado por muito tempo, porque a comissão distrital havia tombado o lugar como patrimônio histórico, o que impedia investidores ou qualquer interessado de reformar a ostensiva fachada, com suas falsas janelas e paredes de dois metros de espessura. Por isso que, entre os anos 1960 e 1970, comerciantes locais valeram-se do lugar para estocar frutas e verduras, e você vê os vãos perfurados nesse período que conseguiram abrir na parede. Hoje, não. Hoje o dono é esse sujeito do qual tanto ouvimos falar, e que aguarda uma sentença em Justizvollzugsanstalt Tegel. Herstelle não vai sair de lá tão cedo, já sabemos. Quando estava no auge, adquiriu o bunker por uma ninharia. E o apelido "Banana Bunker" nasceu dessa herança, do estoque das frutas importadas antes de serem revendidas, preservadas do sol, a alguns graus abaixo da temperatura exterior. E naquele refúgio de bombardeios nascia a festa dos novos tempos.

Você já foi? Os maiores DJs da cidade passaram pelo Banana Bunker. Nos primeiros instantes você já está perdido no labirinto, numa escultura acidental erguida para outros propósitos. Preservaram os antigos telefones de parede, os portões de ferro, as escotilhas, o teto de cinco metros de concreto. Com duzentas, trezentas pessoas, começa a faltar oxigênio. É por isso que deixam algumas velas acesas. Quando se apagam, é hora de abrir alguns dutos ou esvaziar o clube. No bunker você vê de tudo. É o templo propício para satisfazer o rol de fantasias perversas, uma mistura de clube sadomasô e playground para adultos. Quando um pouco distanciados assistimos aos chicotes, às máscaras de couro, desconhecidos possuindo e sendo possuídos, a imagem mais forte é a de que são todos crianças atrás de bala e de doce. O lugar não se presta à felicidade. Você vê muita alegria, mas você também vê lágrimas e gritos de dor, expressões atônitas e desassistidas. Você vê pessoas ordinárias em situações extraordinárias – professores, arquitetos, corretores, *baby-sitters* – e que ali resgatam sua feição de anonimato. O lugar convida a ir além, além do que se deseja, a satisfazer a fantasia da fantasia, o desejo do desejo, o impulso do impulso. Há muitos lugares assim em Berlim, mas o Banana Bunker como que ressalta os graves e agudos da cidade, amplifica a experiência ao limite do suportável, é o querer mais, o não aguentar mais, o extremo que se reinventa e agarra velhas formas, porque as pessoas são limitadas à linguagem que conhecem. O que Herstelle fez conosco foi entender isso – entender a confusão das pessoas. Para muitos um golpe de mestre, porque a cidade atraía as figuras abismais, e o bunker era o próprio abismo, a História convertida em nonsense libertário.

Qual é a sua versão mais extrema? O Banana Bunker te faz essa pergunta, e se a sua resposta é incerta, ou se você for sujeito à captura, irá acabar provando de frutos amargos, exóticos, frutos suculentos e de grossos caroços, frutos carnudos e de penugem macia, frutos um pouco ácidos e de odores fortes, cujas formas te ruborizam e atraem na mesma medida em que repelem e enchem a sua boca de saliva, às vezes sangue, às vezes bile. Tudo isso turvado ou sacralizado no martelar da música, um martelar alheio, e como que criado para acalmar ou abrir um muro em você, um martelo como o dos monges que esculpem tatuagens sagradas, um ritmo divino a deidades não nascidas, um monumento à ausência de monumentos, às divinas ninfas do Spree. A música que cumpre a função de repetir-se até criar em você uma anestesia geral embalada pela quetamina.

A música sabe que todos tomam quetamina, um anestésico para cavalos que te deixa leve e delirante. Graças a ela, você não sente o próprio corpo. Graças à quetamina, você pode abrir a conversa entre aquilo que está dentro e o que está fora da pele, entre o que você gostaria que fosse e o que é. Mais uma vez: isso está em todo o mundo. Mas os alemães são pioneiros. O que seria do ânimo dos soldados na Segunda Guerra e do próprio Führer sem as metanfetaminas? O que seria da Guerra se o país não fosse comandado por um toxicodependente? Hoje se sabe que, antes da invasão da França, foram distribuídos aos soldados 35 milhões de doses de Pervitin, criado em 1937 na Alemanha, a tal da *crystal meth. Wach auf, Deutschland*! Alemanha, acorda! Concebemos as drogas como uma chave do autoconhecimento e da transformação, mas devemos entender os opiáceos como continuidade da tradição bélica nazista, como instrumento de obediência. O ambiente era perfeito. Berlim, a cidade nefasta dos cabarés e dos invertidos, o antro dos michês e das plumas perfumadas. Os nazistas herdam isso da boemia. A ordem militar, aquele uso da perspectiva, o neoclássico da estética totalitária, quem diria, é a transformação instrumental das tintas dos pintores, das penas dos poetas, do que será chamado depois de portas da percepção. A transformação do substancial, criado pela noite, pela voragem dos prazeres, na consagração de um homem além do homem. Aqui, portanto, o que Herstelle fez foi devolver aos poetas o que nasceu com eles, com uma pequena passagem de aperfeiçoamento pelos nazistas. E no Banana Bunker libertamos a alma para ir além, e a alma fica para trás, porque anda a pé. Preciso dizer que estou atrás da minha, que minha viagem ao bunker não foi sem consequências, perdi muito mais do que ganhei, e se te conto isso não é para que você chegue ao final de sua busca, mas para que eu possa remontar parte da minha. E El Greco tem sim, e muito, a ver com isso.

Conheci El Greco porque a Mio era amiga de Mercedes, Mercedes conhecia a Silena, a palestina trans que morou com El Greco antes desta história toda. Depois a Silena me falou de Herstelle e da tatuagem. Ficamos amigos. Gostei do menino. Fomos ao cinema algumas semanas antes da tragédia. Taciturno e silencioso, ele assoava muito o nariz e tinha calafrios, como que antecipando as frentes glaciais e os dias curtos do inverno. Olhava para baixo, mais ouvidos que boca, aquiescia em momentos em que eu não dizia nada. E quando eu falava de minha vida, muitas vezes é como se não estivesse escutando, porque não me dava sinais de concordância, e eu ficava achando que ele se distraía, que minha conversa era *aburrida*, que eu falava demais, e caindo naquele espaço entre nós, minhas palavras abanavam os braços, palavras que não sabem que fazer com as mãos, até que ele viesse resgatar a minha história, a minha boba anedota com um comentário que revelava que sim, ele estava presente o tempo todo. Recordo que comentei das bonificações espontâneas de uma viagem como a minha, das terapias naturais a um estado de errância, que uma delas era a ausência de pressa, que contrastava tanto com a impaciência que trago das metrópoles latino-americanas. Passeando pelos canais de Berlim, sentada com as costas para um tronco às margens das águas calmas, disse a El Greco que me via conferindo sem motivo as horas e os minutos no relógio de pulso, trocando a perna cruzada feito uma maníaca. Ao meu lado, um homem sentado em um banco contemplava as mesmíssimas águas, as folhas douradas, e é só o que fazia. Não era confundido com um psicopata, não era suspeito de um eventual assalto ao café em frente. Mais além, duas amigas proseavam como se tivessem todo o tempo do mundo. Os filhos brincando de pega-pega mais adiante na estrada de terra e ninguém esperando para matá-los. Um motoqueiro não viria num rasante levando o telefone da outra, e, para a minha desolação, cisnes sinuosos velejavam ao lado de canoas, que apenas deslizavam pela superfície das águas, como se deslizar fosse um esporte, como se você fosse perder calorias tocando a água com a ponta dos dedos. Nos restaurantes, os berlinenses aguardavam, distraídos (eu digo distraídos) a chegada de seus pratos. E havia como que um recorte das atividades, pautadas pelo hábito de se fazer uma coisa de cada vez, sem que isso soasse antinatural ou esforçado. As pessoas realmente estavam lendo ou descansando. O telefone não tocava, não havia que se cruzar a cidade para uma reunião de más intenções na agência, não era preciso esgotar-se para mostrar que é séria e competente.

Isso dizia a El Greco enquanto aguardávamos o início da sessão vespertina de um filme dos anos setenta no Kino Sputnik, cada um com uma garrafinha de Fritz Cola, o meu sabor limão, o dele pomelo. E eu também falava que esta ansiedade toda, essa carga de labor que carregamos importada dos espanhóis, do discurso dos espanhóis, também afetava o coração dos mexicanos, as artérias dos mexicanos, o desejo de criar dos mexicanos.

A pressa, a angústia, a insuficiência crônica turvavam-lhes a vista. Estou falando do DF, claro, estou falando de uma vida urbana que em quase nada se parece com esta, estou falando de quanto trabalhamos em labores desconjuntados, de como não nos preparamos o suficiente, da quantidade de obstruções violentas às nossas utopias, ao abismo entre camponês e profissional liberal, aos empreendimentos devoradores, e de como isso, por outro lado, afetava outras coisas, tão íntimas quanto o peso de uma mulher, o amor-próprio de uma mulher, o narcisismo estético de uma mulher. De como que, fincada na vontade de ter três quilos a menos, três quilos difíceis de expurgar, uma mulher pode se sentir impedida de viver. Três quilos que, ao fim e ao cabo, só poderiam ser perdidos abolindo dietas, metas ou planilhas, mas apenas com o corpo horizontal, com o corpo presente, disposto e livre. E contudo a carne, marcada pela mania, pela angústia da insuficiência, pelo imperativo que subsiste de ser alguém além do que se é, de ganhar um puto salário ou um puto cachê, materializa-se nesses três quilos que as roupas que você veste sentirão, o espelho acusará, a margem mínima que te impede de vestir o que quiser, de caminhar como os outros caminham, a dor pequena que te vale de anteparo para as grandes. São três passos atrás esses quilos, três quilos de alma gorda, um peso difícil de entender porque tenta comunicar-se com números, embora não seja feito de números, compreende?

No final do filme, fomos caminhando por Lindenstraße até o museu judaico. No jardim do memorial, El Greco acendeu um cigarro. Muito à vontade ao seu lado, abri um livro. Não sei bem por que abri um livro. Talvez quisesse ficar em silêncio com ele. E endossando o meu gesto, ele também retirou um livrinho volumoso da bolsa. Lemos um pouco. Paramos. Sorrimos. Falei alguma bobagem. Elogiei a Alemanha em palavras estrepitosas, disse olha só como aqui a gente fica tranquilo, pode descansar, pode ler em silêncio. O céu aberto, totalmente silencioso, era recortado por dois filetes deixados por aviões comerciais, dois rastros cruzando-se num grande xis. O museu judaico era um edifício todo metálico, um azul metálico com pouquíssimas janelas, feito o Banana Bunker, e éramos só nós no jardim, lendo traduções em espanhol de romancistas árabes ou edições puídas de I-Ching. Logo começamos a ficar perturbados, porque o silêncio que pairava ali não era de paz, não era um silêncio contemplativo. Fechamos os livros, sugeri uma exposição no Kulturforum.

No Kulturforum, vimos uma coleção espanhola com nada menos que Velázquez e El Greco, ocasião em que batizei o nosso amigo, justo eu que não sou de apelidos. El Greco com suas figuras alongadas e Velázquez em sua fixação pelos grandes homens de seu tempo sobre cavalos e cenários negros. Fomos conduzidos, inquietos, por audioguias que descreviam os quadros com adjetivos grandiloquentes e ofereciam detalhes pitorescos com uma trilha sonora de fundo. Que graça, isso. O dia ainda durava, mas os alto-falantes anunciaram que a exposição fecharia em poucos minutos. Fiquei de retornar para ver tudo melhor, mas não o fiz, claro, a gente nunca volta.

Saímos e tomamos o trem até Friedrichshain e acabamos descobrindo um restaurante russo. El Greco tinha aquela mesma face alongada, como que tocando céu e terra na mesma inquietude. Em algum momento eu falei que ia ao Banana Bunker. Ele quis saber como era. Contei tudo, das vezes em que fui, da menina que conheci, da relação difícil que tivemos, e comentei um pouco sobre Herstelle, que ele ficava no clube quase todas as noites, que ele aprovava ou vetava a entrada dos clubbers segundo critérios totalmente obscuros. Ele quis saber mais das coisas que fazemos no clube, e falei da quetamina. Teria sido eu a primeira a mencionar a quetamina? Duvido. Não digo por receio de ser acusada de participante indireta no crime, mas porque segundo se comentou por aí, de acordo com as matérias de jornal traduzidas em voz alta por amigos meus, El Greco perguntou sobre tudo aquilo mas já sabia de muita coisa, já tinham lhe contado que a mãe fora maltratada por Herstelle, e pairava essa história dos anos oitenta, de Herstelle traficante, testando várias porcarias na gente fodida que vivia na cidade, e de como testaram o Special Y na mãe e no tio de El Greco, e a história das unhas, que o primeiro que acontecia após o uso excessivo da substância era caírem as unhas, depois os cabelos, e isso de repente, após um mês de uso contínuo, e, para piorar, tinha a história dos abusos, que as meninas sem dinheiro iam para um harém de Herstelle, e ele fazia isso distribuindo o que quisessem: heroína, cocaína, metanfetamina, e depois abusava delas. Algumas engravidavam. A mãe de El Greco tinha sido abusada incontáveis vezes, estava no harém de Herstelle havia meses e já estava grávida dele, e claro que era possível dizer, porque uma menina de sete meses de gravidez, por mais subnutrida que seja, dá sinais, é algo visível. A mulherada começou a engravidar e o que Herstelle fez? Testou a Special Y nelas. Elas estavam nas mãos dele, eram reféns. Algumas abortaram e morreram em seguida. Outras morreram com o bebê na barriga. O tio de Greco, que ia acompanhando a coisa, conseguiu reconhecer a situação absurda de dentro de seus dias de junkie. Fazia tempo que fechara o estúdio, mas em seu tempo, diziam, tinha sido um artista. Quando viu que o sobrinho seria morto, que a irmã acabara de dar à luz, trancafiada naquela Vila Olímpica abandonada, o tio, muito viajado, teve a ideia insana de tatuar a história do menino nas costas, como se ele fosse uma mensagem numa garrafa, como único testemunho do que estava acontecendo. Em um recém-nascido! Não haveria futuro, é o que pensou. Ninguém viveria para contar essa história. Assim que saísse do hospital, os lacaios de Herstelle dariam um sumiço na mãe e no filho.

Foi um gesto desmedido. Fez o que tinha de fazer. Levou a criança, tatuou as costas do bebê, que não chorou com as agulhas fincando a tinta preta sob a derme queimada, mas viria a sofrer de febres terríveis durante um mês inteiro, supurações e inchaços. No dia seguinte, acharam o tio e mataram-no sem mais, nem bem ergueu-se do colchão. Levaram o menino. Incumbiram um capanga de atirá-lo no Spree. E no momento da execução, o homem sensibilizou-se. Não conseguiu. O pequeno chorava de febre e de fome. Levou-o para casa e ali deve ter passado a noite meditando no que fazer, e fugir lhe pareceu a única saída. Borrar o passado, recriar a identidade dos dois, forjar uma origem simples, rica de coisas que faltavam na capital alemã. Pensou o capanga: o menino cresceria num vilarejo em qualquer fim de mundo, que são tantos, jamais voltaria à Europa, e teria uma vida decente, a salvo do infanticida que legara o seu sêmen.

Você pode se perguntar por que um capanga salvaria o menino em nada diferente dos outros, que morreram. Eram todos filhos de Herstelle. De que fibra nascera a ousadia para uma subversão como essa? Pode parecer absurdo, mas se pensarmos um tanto, alguém com um mínimo de remorso e consciência pelas meninas abusadas ficaria enjoado com a sistemática das agressões, e ter de cumprir com ordens mais e mais caprichosas de um lunático geraria em alguns a resistência e, mais tarde, a recusa de algum lacaio fiel. Isso se dizia, isso descobriram: que

Herstelle se equiparava apenas a Escobar em sua juventude, e devia manter relações profissionais com o *huevón*. Tinha casas por toda parte. Movimentava a prostituição, alimentava o tráfico, colecionava automóveis, dispunha de heliportos e iates, tomava drinques em restaurantes com membros do parlamento.

O capanga: com sua pistola sem identidade, seu odor a tabaco, suas mãos duras e cumpridoras, as costas riscadas pela infância difícil de quem apanhava de um pai severo e de uma mãe humilhada, que vira em Herstelle um padrinho e mais tarde um devorador de crianças – esse subalterno, que obedecia por fidelidade absoluta e ganhara tanto poder ao lado de alguém todo poderoso e se via, súbito, obrigado a tirar a vida de um recém-nascido, mais um filho do acidente e da deriva, da natureza e da insanidade, esse homem começava a duvidar. Na madrugada insone, diante do bebê que agitava mãos e pés sobre o sofá curtido, mais indefeso e inofensivo que uma formiga, o homem resolveu salvá-lo. Não seria fácil. As ordens não estavam ali para serem descumpridas. Nenhuma fraqueza poderia insinuar-se num sistema de execuções diretas e incontestes. Então, antes que a manhã despontasse, elaborou um plano. Enrolou o bebê numa manta. Desceu as escadas escuras do edifício onde vivia. Acomodou a criatura no assento ao seu lado; deu a partida e tomou o caminho de Potsdam. Pouco depois, tocava a campainha do apartamento da irmã, com quem tinha um trato distante. A mulher abriu a porta vestindo uma longa camisola desbotada. Assustou-se com a entrega, quis saber, emudeceu com os olhos no rosto pálido do bebê. O homem proferiu pouco: virei buscá-lo. Que fizesse como se fosse o seu filho, que expedisse os documentos. Que acreditasse nele dessa vez, que muito em breve tudo iria mudar. Entrou no carro às pressas. Deu a partida e fez o retorno na rua deserta. Erguendo os olhos para a irmã sonolenta que o observava da janela do segundo andar com o bebê ao colo, ganhou, sabe-se lá de quais ventos, a convicção das palavras que proferira. E com isso, passou-se um mês ainda trabalhando para Herstelle. Era a maneira de não levantar suspeitas de que cumprira com a missão de desaparecer com a criança. Nesse meio-tempo, comprou alguns exames adulterados. E, no fim de tarde de uma quinta-feira de fevereiro, pediu para conversar a sós com o patrão. Em seu escritório de homem de negócios, disse que tinha pouco tempo de vida – passara muito mal nos últimos dias, e os exames acusaram um câncer fatal. O chefe ergueu-se da poltrona reclinável, contornou a mesa maciça, aproximou-se do capataz. Fez silêncio, observando o jovem. Nesse silêncio, a maioria das pessoas se entregava. Mas ele conhecia o chefe, entendia o truque e não temia. O chefe nem quis ver os papéis. Tomou a iniciativa de aposentá-lo. Saiu da sala, retornou com uma bolsa de dinheiro. "Aproveite este tempo, filho", disse Herstelle. "Sou grato por tudo o que fez. Por sua fidelidade. Vá, descanse, faça por você o que não pude fazer por mim." O capanga, olhando-o nos olhos cristalinos como gelo, e que, vistos mais detidamente, pareciam ameixas murchas no côncavo das órbitas, constatou que ele mesmo se via no lugar de um paciente terminal. Teve vontade de esmurrá-lo, de desembainhar a pistola e descarregar as balas em seu peito. Não suportaria permanecer ali muito mais sem correr o risco de entregar a fúria e desmentir a história. Sem um abraço ou um cumprimento de mão, o capanga dava as costas e abandonava a vida que levava. Abolia o destino, desviava-se da fatalidade.

Se fosse mudar de vida, pensou, optava por viver perto do mar. Sempre quis conhecer a Índia. Comprou duas passagens. Certificou-se do que seria necessário para levar o bebê, que, graças à irmã, já carregava o seu sobrenome. A última peça da história seria o tratamento medicinal que justificaria a viagem. Que seu cunhado o aguardava em Nova Delhi para entrega da criança ao cuidado de médicos especiais. Tudo pronto, em seu último dia em Berlim levou o bebê para visitar o lugar onde enterraram a mãe da criança, um lugar triste que não guardava qualquer traço das identidades dos defuntos além de um nome e duas datas numa pedra cinzenta. Apanhou o táxi até o aeroporto. No bolso interno de um paletó curtido, bilhetes aéreos e dois passaportes.

Partiram. Herstelle deixou de ser o vigarista dos anos oitenta. Muita coisa mudou com a queda do muro. A aquisição do Banana Bunker chamou a atenção. Os grandes traficantes terceirizaram o processo, preferiram o anonimato e a bolsa de valores. Findaram os testes, o harém, toda a opulência da Guerra Fria. A cidade adquirira o status de capital consciente: o idílio das bicicletas, dos orgânicos, do veganismo, do ideal e da contracorrente, da liberação psicotrópica e do vanguardismo sexual. E o pai de El Greco soube acompanhar as mudanças. Desde então, já dera entrevistas a várias revistas de música e tatuagens. Apresentou sua opinião sobre restaurantes na coluna social de um grande jornal e até saíra num ensaio fotográfico como homem do mês para um suplemento masculino. O Banana Bunker aparece em todos os guias turísticos de Berlim como uma experiência tarja preta, a ser visitado com ressalvas. Tudo ia lindamente para Herstelle, não fosse o passado, não fossem os filhos abortados e, dentre estes, o aborto que sobreviveu.

Claro que nenhum de nós sabia disso quando enfrentávamos as longas filas diante do clube. Nem sonhávamos com o passado alheio ao nosso, ocupados em perder a própria identidade a torto e a direito nas câmaras abafadas e impregnadas do cheiro de sexo da festa infinita. A noite da sexta chegava e eu já havia me entupido de vitaminas, litros d'água, guardado o celular sem som na gaveta do criado-mudo e ali mesmo uma espécie de carta suicida: se alguém viesse me buscar, se durante tantos dias eu não retornasse, que me buscassem no Bunker. Ali teria sido minha última parada. Tudo isso para ficar até cinquenta horas seguidas dançando e amando, pronta para desembolsar uns duzentos e cinquenta euros em troca de revelações e vergonha. Retornar todos os fins de semana correspondia a acompanhar uma telenovela sem personagens nem argumento. E naquele aprendizado todo de reconhecimento das sombras, sabíamos que em algum momento aquilo teria fim. Para muitos, o fim seria mesmo o fim.

El Greco passou a frequentar o clube logo após o dia em que fomos ao cinema, ao museu, ao restaurante russo. Lembro de topar com ele e de não reconhecê-lo, de achar que o vi de passagem, na companhia de alguém, de dançar ao seu lado, os dois pingando, brilhantes, e do modo como começou a insinuar-se nas visões, nos augúrios, no voo dos pássaros migratórios, furtivo e efêmero feito um signo vazio. Na noite trágica, ele como que já fazia parte. Devia ter cruzado com Herstelle uma dúzia de vezes e sabendo muito bem diante de quem se encontrava: o infanticida, o assassino de sua mãe, de seu tio e de seu padrasto; o pai de família e o assassino da família. E como com todos os que aguardavam na fila durante uma, duas horas, o pai certamente o veria entrar e às vezes barraria o acesso ao clube, porque é isso que fazia todas as noites. Se eu estivesse debaixo de sua pele, teria aproveitado a longa espera na fila para perscrutá-lo, abrigado pela multidão – os traços seus que a idade aguçara, os traços que não eram seus, que o sangue avaro não transmitira e ficara preservado da transmissão às descendências. O guardião de barba ruiva, de saia com temas africanos, corpo moreno e peloso, coberto de tatuagens nos braços, o tirano descolado, Ricardo III resguardado pelo bom gosto e pela loção agradável dos infernos. A cada vez que era barrado, a cada vez que permitiam que passasse, El Greco deve ter buscado entender a rejeição; não como lamúria, mas como condição de orfandade no mundo. O poder de Herstelle era estatal, macropolítico, o seu amor era a sua indiferença, articulada nas engrenagens ordinárias da engenharia e da gestão governamental.

Todos sabem. Alguém entrou na sala restrita do bunker e substituiu uma caixa de quetamina – justamente o estoque que seria vendido naquele fim de semana dentro do clube – por uma outra substância alucinógena, um opiáceo com doses altíssimas de outro componente, como se chama, uma derivação fulminante da Special Y, a mesmíssima droga que Herstelle usara para pacificar as mulheres de seu harém. Mas essa versão era dose única. Foi ela que provocara todas aquelas convulsões nas centenas de clubbers, que fizera o sangue deles ferver, o coração disparar a duzentas estocadas por minuto, mais que isso, nem sei, e que culminara em tantos corações enfartados. O coração que batia há vinte, trinta, quarenta anos e que naquela noite deixaria de bater. Herstelle acusou o filho de matar toda aquela gente como um ato de vendeta pessoal. E o filho? O filho: um suposto bastardo indiano, que crescera num mosteiro em Butão, vivera feito um hippie em Nova Iorque e que em Berlim circulava como um performático, um ativista político, e ganhava a vida lavando pratos. Um tal de Dionísio, uma sombra vermelha parida entre a fumaça e a explosão. É de El Greco que falam? Eu o vi, todos o viram. Mas mesmo nós só tivemos um acesso colateral ao homem, por estarmos também na vertigem que era o homem. Apenas semeamos, como infiéis, a dúvida e a dispersão. E o que vi não coincide com o que viram. Você que está tão louco atrás dele, pode buscá-lo debaixo de cada pedra, no ventre de cada edifício em ruínas, em qualquer festa clandestina, e em lugar algum ouvirá a sua voz. Onde estará para responder pelos atos dos outros? Porque, afinal, muitos viram o próprio Herstelle a andar por aí com o estoque lisérgico, subindo com a caixa, descendo com a caixa, como que conduzido por uma alucinação, por um poder divino e divinizante, tentando sair do cenário intricado de um realismo surreal. El Greco instilara isso? Quem sopraria em quem essa inspiração para a calamidade?

Por um acaso, naquela noite, eu tomei uma droga que já possuía, que levara comigo, que haviam me dado na semana anterior. Por um acaso, pude usar apenas o meu próprio anestésico equino. Quase todos os outros tomaram o que a casa vendia; e enquanto duravam essas trocas, eu já tinha havia muito me acomodado na sala de estar, no jardim, nas folhas secas, nas doses de mezcal e vermute que a minha memória oferecia. Eu entrava e saía daquelas portas falsas que os cenografistas armam no palco, e que de fato servem para entrar e sair, portas falsas e verdadeiras, porque é por ali que os atores saem das coxias, da realidade escura para a ribalta das visões.

Dessas visões sou testemunha ocular.

Isto aconteceu após as despedidas de minha mãe e de Mio, depois dos coelhos desabalados, depois do cego teimoso em Alexanderplatz. Era assim: estávamos nós num altiplano, olhando para o alto como que à espera. Aos poucos eu despertava no côncavo do meu sonho, atinava para o absurdo daquela situação. Nossos braços ardiam sob o sol, o suor escorrendo feito lágrimas. E contudo esperávamos, havia gerações, e eu gritava aos outros que os pés não eram raízes, e eles se voltavam, lamuriosos, e justificavam com mil razões a própria imobilidade, e de repente eu via que não precisava convencê-los; eu queria escapar, deixar essa gente para trás, com quem não tinha nada em comum além da arbitrária vizinhança.

Não sem resistência ou calafrios, a consciência de ter muito pouco ou absolutamente nada, a nudez completa, eu diria, passei a mover os pés na areia dura, a sentir o trabalho das juntas e do equilíbrio precário. Ali adiante, reconhecia a entrada de um bosque no fim do altiplano, passando a ladeira de um vale. Desci a ribanceira e o próprio tempo me acompanhou, atropelando os acontecimentos. À distância, as árvores resplandeciam como esmeraldas à luz. Acerquei-me. Entrei. O bosque, por dentro, era escuro e fresco. Queria estar sozinha? Sim, eu queria estar no bosque escuro e fresco. E mesmo feliz, aquele parecia apenas o princípio. Principiava a achar que uma felicidade mais completa existia, que eu poderia estar gestando um lugar até então inconcebível, e eu esquecia de como a desgraça do mundo estivera pesando em minhas costas, o fim do mundo e o fim de minha mãe.

A floresta se abriu para um vale atapetado que abafava passos e pensamentos. Havia gente sentada em um círculo na grama. Sentei-me antes de reconhecer os amigos do DF, e só me atinei quando me passaram um cigarro de cannabis muito verde, enrolado em palha fresca, mais perfumado que um incenso. Ao me verem, começaram a rir-se, como se me aguardassem, intuindo algo que eu estava por descobrir, como cúmplices de uma resignação libertadora. Claro que não a resignação estática, filha do sol abrasivo do planalto que abandonara. Uma outra. Nesse instante, da quina dos olhos eu vi El Greco entre os amigos da faculdade, dos tempos vadios da faculdade, e começamos a conversar, e eu lhe dizia algo como é isso, é isso. O que a gente precisa entender para prosseguir é que não podemos nada, somos argila dos planetas à deriva, somos mortais e só isso, e ele como que respondia, abrindo as mãos para que eu me situasse no parque à minha volta, como quem diz há mais, há sempre mais, e, sorrindo, concordei com ele. Nos achávamos em um jardim, alguns tomavam o mate. Eu reconhecia a praça Palermo, em Buenos Aires, as crianças no parque e o conforto esférico da vizinhança. Mais acima dos bares, para além dos baixos sobrados que rodeavam a praça, quase na altura das nuvens, divisamos um morro colorido, uma favela, e como tínhamos muita vontade de caminhar, levantamos, batendo a grama presa às calças e à saia, e prosseguimos. Ainda hoje estaremos lá em cima! E num átimo já tocávamos as casas coloridas de madeira, sustentadas por tábuas rotas, e o cheiro do mar soprava na nuca. Voltando-se para onde partimos, não havia Buenos Aires, mas o Pacífico. Estávamos em Valparaíso. Valparaíso com sua poesia marítima e seus estivadores melancólicos, e me acordava que ali ficava a casa de Pablo Neruda, e propus que a visitássemos. Mas El Greco queria me revelar outras coisas. Não estamos aqui pelo turismo. Dobrando uma ladeira íngreme, vimos uma estação de ferro abandonada, os trilhos escondidos pela grama alta entre os seixos brancos. Os trens para a morte, os trens para a vida, eu dizia, como quem conta uma piada e se dá conta da gafe, disso não se brinca, Agave Peña. E como que ouvindo o que eu pensava, ele me dava um muxoxo, seus olhos alados de Peter Pan, seus cabelos revoltos de Rimbaud, suas pernas feridas de Sísifo. E havia um trem, afinal. Embarcávamos. Duas poltronas azuis, bagagem, senhores? Não, não! Queremos as mãos livres, queremos fazer tudo com as mãos. Num solavanco o trem escapava da estação, ganhava velocidade entre os cactus, subia a espinha dorsal de Latinoamérica, as ruínas maias, acompanhava o rio Amazonas. Os comissários serviam o almoço, passando com bandejas lustrosas com carne assada de leão servida com arepa varietal e feijões graúdos. O trem avançava e regressava ao mesmo tempo, eu ia fazer um comentário para El Greco, mas ele como que já não estava lá. Em seu lugar, na poltrona ao meu lado, um papel dobrado, uma carta de despedidas. Mas também uma carta que narrava o que eu vivia naquele instante, querendo me mostrar da importância, do valor, da coragem das decisões que nos tomam, a celebração dos olhos abertos e fechados. De golpe a imagem de El Greco já me vinha como a de uma lembrança remota, e chegava a confundir o semblante dele com o de um antigo namorado do colégio, a pele macia recém-nascida da infância, um menino belo, doce, que ficava ao meu lado, e estava feliz de sentir-me presente. E no teatro da mente eu o vi. E dali nasceu, como a maresia, um amor e uma ternura infinita e sem objeto, um transbordamento, um excesso que os tecidos orgânicos internos transpiravam. E enquanto, sob meus pés, no bunker escuro e frio, os clubbers convulsionavam, bufando sangue e espuma entre os dentes tiritantes, enquanto se dispersavam para sempre no negrume dos olhares esgazeados, eu chorava, porque a vida era transparente e frágil, chorava a incandescência das coisas tristes, eu chorava como chuva que derruba os barrancos e recobre os caminhos. Chorava o milagre das insignificâncias, o labirinto que erigimos, chorava, aos gritos e de joelhos, o nosso júbilo e a nossa derrota.

AGRADECIMENTOS

A Tarso de Melo, Roberto Taddei, Andrea Pelagagi, Bruno Zeni e Julián Fuks, participantes de um jantar, em dezembro de 2016, ao redor do qual discutimos o primeiro original de *Dionísio em Berlim.*

Às centenas de participantes dos quarentas e seis encontros do Diário do Romance, uma série *on-line* que se seguiu às sessões de escrita desta obra. Aos participantes de minhas oficinas, que me estimulam a seguir aprendendo.

A Alberto Martins, por sua cuidadosa leitura. A João Silvério Trevisan, pelo entusiasmo em relação ao projeto enviado ao Proac.

À amizade, acolhida e cuidado dos amigos e editores Sílvia Nastari e Bruno Zeni. A Julia Contreiras, pelo inspirado projeto gráfico. Mais uma vez a Julián Fuks, interlocutor generoso, pela aposta persistente neste livro, e por suas ressoantes palavras de abertura.

A Lia Ishida, que me recebeu em Berlim.

Aos amigos e irmãos Regina, Jacques, Tanira, Ana, Leo, Ligia, Leandro Daniel e Leandro Rodrigues.

A Rodrigo, Judith, mãe, pai, tia. À memória de minha avó Candinha, que nos deixou durante a escrita desta obra. A Celina, que nos dá esperanças.

A Tatiana, amiga maior, companheira da grande viagem.

A Dionisio, órfão e migrante. Que a Sua festa vença a torpeza e o torpor deste tempo.

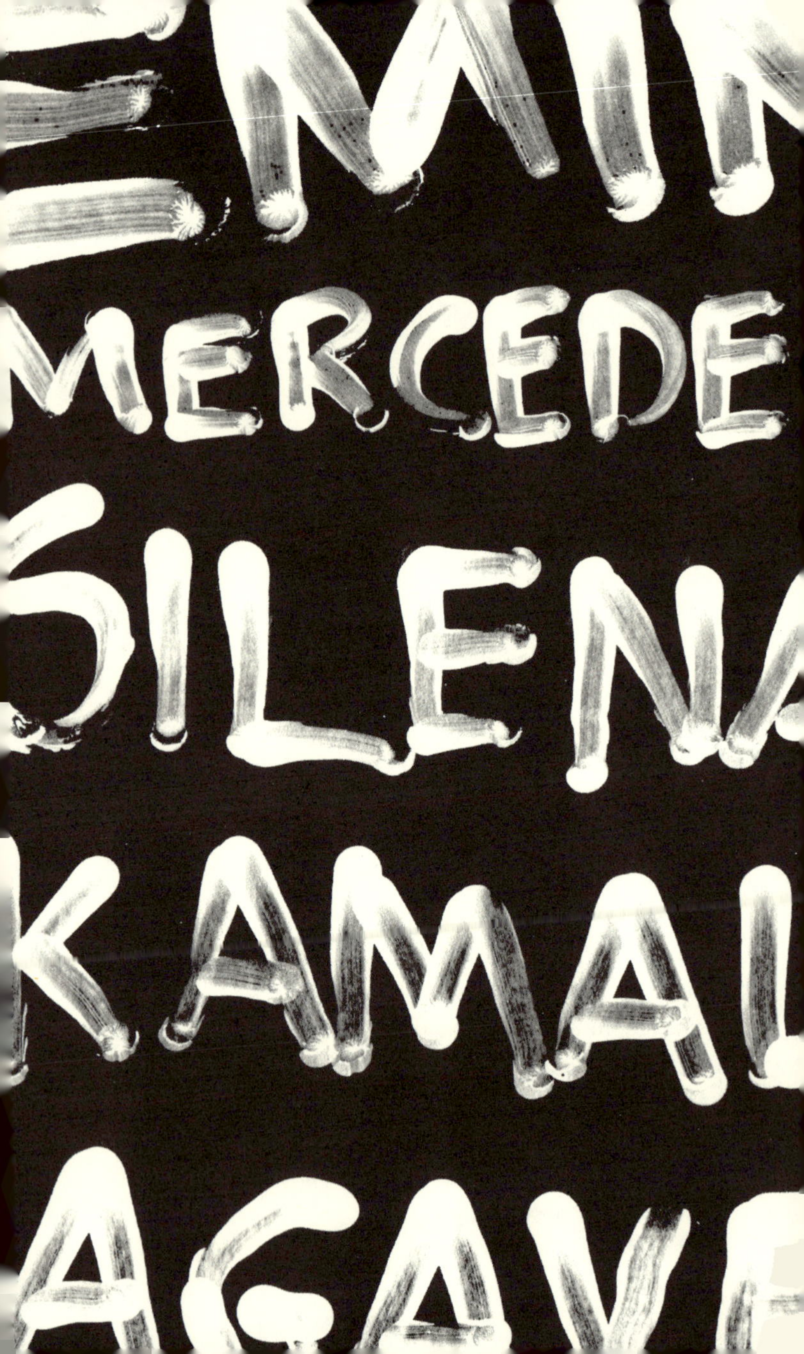
MERCEDE
SILENA
KAMAL

ÍNDICE

SOBRE O AUTOR

Tiago Novaes nasceu em Avaré, interior de São Paulo, em 1979. Doutor em Psicologia pela USP e professor de criação literária, publicou *Os amantes da fronteira* (Dobra), *Documentário* (Funarte) e *Estado vegetativo* (Callis), dentre outros. Foi finalista dos prêmios São Paulo de Literatura (2008), Jabuti (2014) e Oceanos (2015). De sua autoria, a Quelônio publicou *Algoritmo* (2017). O projeto deste livro, em 2015, foi contemplado com um ProAC (Programa de Ação Cultural do Estado de São Paulo) de Incentivo à Criação Literária.

Edição Bruno Zeni
Capa e projeto gráfico Julia Contreiras
Revisão Carmem T. S. Costa
Impressão da capa Sutto Serigrafia

Dados Internacionais de Catalogação na Publicação (CIP)
(Laura Emilia da Silva Siqueira CRB 8-8127)

Novaes, Tiago.
Dionísio em Berlim / Tiago Novaes; capa e projeto gráfico, Julia Contreiras. 1ª ed. — São Paulo: Editora Quelônio: 2019. 176 p.; 12 x 18 cm. Impressão da capa em serigrafia.

ISBN 978-85-93229-57-2

1. Ficção: Literatura brasileira 2. Literatura brasileira: romance I. Novaes, Tiago. II. Contreiras, Julia.

CDU 821.134.3(81) CDD 869.93

Índices para catálogo sistemático:
1. Ficção: Literatura brasileira
869.93

Editora Quelônio

As fontes utilizadas neste livro são a Cambria e a Akzidenz Grotesk BQ. A impressão da capa foi feita por Sutto Serigrafia. A caligrafia da capa e das aberturas de capítulo foram produzidas à mão com tinta guache por Julia Contreiras. O acabamento e a impressão do miolo, em offset no papel Pólen Soft 80 g/m², foram feitos pela Bartira Gráfica. Tiragem de 750 exemplares. São Paulo, novembro de 2019.

DIONÍSIO EM BERLIM

DIONÍ
EM

TIAGO NOVAES